I0566967

L'Île Fantaisie .

Le Loup-garou de Mya

(Mya's Werewolf)

Une publication de Real Love Enterprises

L'Île Fantaisie : Le Loup-garou de Mya (Mya's Werewolf)

ISBN 978-1-958215-35-7

TOUS DROITS RÉSERVÉS.

L'Île Fantaisie : Le Loup-garou de Mya

Copyright © 2025 Zena Wynn

Illustration de couverture : Shirley Burnett

Publication originale : Le Loup-garou de Mya © 2010 Zena Wynn

À l'exception des citations utilisées dans les critiques, ce livre ne peut être reproduit ou utilisé en tout ou en partie par quelque moyen existant sans l'autorisation écrite de l'éditeur, Real Love Enterprises, Jacksonville, FL 32209.

Avertissement : La reproduction ou la distribution non autorisée de cette œuvre protégée par le droit d'auteur est illégale. Aucune partie de ce livre ne peut être scannée, téléchargée ou distribuée via Internet ou tout autre moyen, électronique ou imprimé, sans l'autorisation de l'éditeur. La violation du droit d'auteur à des fins criminelles, y compris la violation sans gain monétaire, fait l'objet d'une enquête du FBI et est passible d'une peine pouvant aller jusqu'à 5 ans de prison fédérale et d'une amende de 250 000 $. (http://www.fbi.gov/ipr/). Veuillez n'acheter que des éditions électroniques ou imprimées autorisées et ne pas participer ou encourager le piratage électronique de matériel protégé par le droit d'auteur. Votre soutien aux droits de l'auteur est apprécié.

Ce livre est une œuvre de fiction et toute ressemblance avec des personnes, vivantes ou mortes, ou des lieux, événements ou localités est purement fortuite. Les personnages sont le fruit de l'imagination de l'auteur et utilisés de manière fictive.

Séjours de vacances sur L'Île Fantaisie

Pour les amateurs de romance

Vous êtes-vous déjà demandé ce que ça ferait d'être l'héroïne d'un roman d'amour ? Pourquoi se contenter de lire quand vous pouvez être la vedette de votre propre histoire, créée exclusivement pour vous ?

Venez vivre le fantasme.

Si vous pouvez l'imaginer, nous pouvons le réaliser. Votre imagination est notre seule limite. Appelez dès aujourd'hui. Ne tardez pas. Notre équipe sympathique vous attend.

* Les prix varient. Des conditions générales s'appliquent.

Chapitre Un

Mya Anderson se fraya un chemin à travers la végétation, suivant le sentier à peine discernable qui, si ses calculs étaient exacts, la mènerait à la plage. Normalement, elle n'aurait pas pensé à marcher dans ce fourré d'arbres épais la nuit tout en portant un bikini rouge de la taille d'un timbre-poste, couvrant à peine ses courbes généreuses. Cependant, c'était sa fantaisie et elle n'avait que quarante-huit heures pour la vivre. En réalité, il lui restait quarante-sept heures et demie. Le temps passait beaucoup trop vite. C'était une chance unique dans une vie et elle comptait en profiter au maximum.

Une lune pleine chevauchait haut dans le ciel, mais sous cette canopée d'arbres tropicaux, les ombres régnaient. Mya s'arrêta soudainement, un instinct primitif la prévenant qu'elle était observée.

— Hé ho ? lança-t-elle.

Aucune réponse ne vint. S'approchant un peu plus du tronc de l'arbre le plus proche, elle jeta un regard prudent autour d'elle. — Je suis en sécurité, murmura-t-elle. C'est L'Île Fantaisie, pas une ruelle sombre de la ville.

Son instinct refusait d'acheter ça. Quelque chose était là, dehors, quelque chose de dangereux. Peu importait qu'elle ne puisse ni le voir ni l'entendre. La partie primitive de son psychisme le savait et lui criait de partir.

— Peut-être est-ce l'obscurité qui joue avec mon imagination, raisonna-t-elle. Mya avança prudemment, restant près de la ligne d'arbres. Une fois que j'atteindrai l'espace dégagé de la plage et que je serai sous la vive lueur de la lune, je réaliserai que ce n'était que mon esprit qui me jouait des tours.

L'idée de mieux voir la fit accélérer un peu, tout en avançant le plus silencieusement possible dans le sous-bois.

Un bruit vint des buissons sur sa gauche. Mya se figea, n'osant plus appeler. Si c'était son héros, il aurait sûrement répondu plus tôt.

Quelque chose était à sa poursuite. Elle réalisa avec malaise qu'elle avait oublié de demander s'il y avait des animaux sauvages sur l'île. Elle avait supposé que ce serait sûr. Trop tard, Mya se rappela ce qu'on dit à propos des suppositions.

Le bruissement revint, plus proche cette fois. Jetant un œil dans cette direction, Mya vit une paire d'yeux brillants. Ils étaient accompagnés d'un grondement long, bas et menaçant.

La réaction combat ou fuite de Mya s'enclencha et elle se mit à courir. Elle ne voulait qu'une simple fantaisie réalisée, être l'héroïne de l'un des nombreux romans de romance loups-garous qu'elle dévorait avec avidité. Un joli roman érotique et sans danger, nom d'un chien, où le seul danger était pour sa vertu. Elle n'avait pas signé pour être la blonde idiote d'un film d'horreur.

Elle entendit un bruit sourd derrière elle. « Ne te retourne pas, ne te retourne pas, ne te retourne pas », se répétait-elle sous son souffle. Dans les films, les personnages stupides qui se retournaient finissaient toujours morts.

Alors que Mya émergeait de la forêt et atteignait le sable blanc et moelleux de la plage, elle entendit un rugissement couplé aux sons du feuillage piétiné. Instinctivement, elle jeta un coup d'œil par-dessus son épaule.

Ce qu'elle vit lui glaça le sang d'effroi. La peur donna des ailes à ses pieds et elle vola littéralement sur le sable jusqu'à atteindre la partie plus ferme de la plage. Le souffle haletant, elle continua à courir tandis que ses cuisses brûlaient et qu'une douleur aiguë la lancinait sur le côté droit. Elle appuya sa main dessus et continua à courir.

Je ne peux pas m'arrêter. Je dois continuer à avancer. Si je survis à ça, je promets que je ne sècherai plus jamais la salle de sport.

Ses jambes tournaient si vite que la petite robe de plage qu'elle portait sur les hanches se défit et tomba au sol. Les lourdes cuisses de Mya se frottaient tellement rapidement qu'il est étonnant qu'elles n'aient pas pris feu. Elle ne savait pas combien de temps elle pourrait maintenir ce rythme. Impuissante, elle jeta un nouveau coup d'œil en arrière. C'était toujours là et gagnait du terrain rapidement. Mya poussa un cri lorsque, tout comme dans les films, elle trébucha sur quelque chose, heurta durement le sol et roula. Avant qu'elle puisse se remettre sur pied, il était sur elle.

Un gros bras velu la retourna sur le ventre, l'agrippa par la taille et souleva ses hanches du sol. « À moi. Compagne. Attrapée. Revendiquer. »

— Non, non, non, gémit-elle. J'ai changé d'avis. Était-il trop tard pour obtenir un remboursement ? Tout cela semblait tellement cool quand elle le lisait dans les livres, être revendiquée par un homme-loup. La réalité laissait à désirer.

Cette chose était immense. Elle devait faire au moins deux mètres dix. Avec un mètre soixante-dix-huit et quatre-vingt-dix kilos, Mya ne pouvait en aucun cas être considérée comme petite. La bête la dominait, l'accablant avec son torse massif recouvert de fourrure et ses longs bras énormes.

Quelque chose d'arrondi et de dur, avec une légère humidité, la piqua à l'arrière de la cuisse. Appuyée sur les coudes, elle se tordit anxieusement pour voir ce que c'était pendant que le loup-garou arrachait carrément son bas de bikini de son corps. Cela faisait tellement sexy quand elle le lisait dans un livre, mais ça piquait comme un petit diable dans la vraie vie.

Mon Dieu, le loup-homme était excité et son anatomie était énorme. Il n'y avait aucun moyen que ça puisse entrer en elle. Malgré son épuisement et la douleur, elle se mit à donner des coups de pied et à se débattre, déterminée à se libérer.

Une vague de désir si forte déferla sur elle qu'elle neutralisa complètement la panique qui grandissait en elle. Elle cessa de bouger, confuse. Le loup-garou roucoula, la caressant tendrement du sein à la cuisse. D'autres émotions la submergèrent — solitude, espoir et une excitation grandissante.

Que lui arrivait-il ? D'où venaient ces émotions ?

Soudain, elle comprit. Dans le questionnaire qu'elle avait rempli, on avait demandé à Mya de citer les titres de certains de ses livres préférés afin de permettre au personnel de L'Île Fantaisie de mieux comprendre ce qu'elle voulait. Dans plusieurs des livres qu'elle avait mentionnés, l'héroïne était psychique. L'un d'entre eux, en particulier, lui revenait à l'esprit. La femme, une empathe douée de capacités télépathiques, était très convoitée par les loups-garous, ou les Wolfen. Il semblait que les femmes psychiques étaient particulièrement irrésistibles pour leur espèce.

Elle gémit lorsqu'une autre vague de désir la submergea, déclenchant le sien. Peu importe à quel point cette créature semblait effrayante, il la désirait désespérément. Il était seul, fatigué de la solitude et excité d'avoir enfin trouvé une compagne. Malgré une peur sous-jacente du rejet, plus elle restait passive, plus l'espoir grandissait qu'elle l'accepterait. Peut-être même qu'elle l'accueillerait.

Mya se rappela que c'était sa propre fantaisie. Bien que ce ne soit pas exactement comme elle l'avait envisagé, c'était ce qu'elle avait demandé. Allait-elle vraiment laisser une petite peur l'empêcher de vivre son rêve ?

Non, elle ne le ferait pas.

Elle frissonna lorsque le loup-garou promena son nez le long de son épine dorsale jusqu'à atteindre son sexe. Il se rapprocha avec son museau et elle l'entendit inspirer profondément. Elle tressaillit quand sa langue sortit et la lécha du clitoris à l'anus. La membrane légèrement humide et vaguement rugueuse laissa une traînée de chaleur sur son passage. Mya se tortilla et gémit pendant qu'il la lapait.

Sa tête retomba pour se reposer sur ses avant-bras sur lesquels elle prenait appui. Elle écarta les jambes pour lui donner un meilleur accès et se laissa aller au plaisir. C'était l'extase que ces héroïnes avaient imaginé ressentir quand elles cédaient à la passion de leur loup-garou. C'était pour cela qu'elle s'était presque ruinée, réunissant les milliers de dollars nécessaires pour vivre son plus grand rêve, son désir le plus ardent.

Il roula sa langue, écarta les lèvres de son sexe et la pénétra. Les yeux de Mya roulèrent au fond de leurs orbites. Elle poussa son postérieur, exigeant silencieusement qu'il lui en donne davantage. Plus profondément. Le loup-garou fit tournoyer sa langue, effleurant les nerfs sensibles et Mya partit comme une fusée.

Du sperme jaillit de son corps et il le lapa, grognant et en réclamant plus. Il la dévora, insatiable, l'amenant rapidement à un autre orgasme. À chaque sommet qu'elle atteignait, son excitation augmentait davantage, stimulant la sienne jusqu'à ce qu'elle ne crût plus que quoi que ce soit pourrait jamais éteindre les flammes.

La douce brise qui soufflait sur son sexe sembla froide quand il s'éloigna, mais il ne fut pas parti longtemps. Le gland renflé de sa verge pressa contre sa fente, exigeant l'entrée. Il poussa fermement en avant. Aussi excitée et relâchée que ses muscles étaient à cause des multiples orgasmes, il y avait toujours une douleur lancinante alors qu'il étirait son sexe plus qu'aucun autre ne l'avait jamais fait auparavant.

Il y avait une pression énorme. Mya ne savait pas si elle devait essayer de se retirer ou de se pousser vers lui, le pressant d'aller plus profondément. Elle était suspendue au bord d'une frontière plaisir/douleur si intense que la sueur coulait sur son visage et que ses doigts griffaient le sable humide, sans réfléchir. Il marqua une pause avant de se retirer lentement.

Mya arqua le dos, souleva les hanches plus haut. — S'il te plaît, supplia-t-elle.

Il changea de direction et poussa vers l'intérieur. Ses mains griffues la saisirent par les hanches, la maintenant bien en place et l'empêchant de bouger pendant qu'il accélérait le rythme, ses coups de butoir devenant plus rapides et plus profonds.

À chaque empalage, Mya grommelait ; haletant pour respirer à chaque retrait. Cela devint un rythme. « Oumph-eu, oumph-eu, oumph-eu », entrecoupé par les claques, claques, claques de la chair frappant contre la chair, couvrant le faible bruit des douces vagues océaniques à marée basse. Le lourd musc du sexe prenait le dessus sur l'air salé.

L'un de ses bras l'atteignit par-dessous et l'accrocha par la taille, soulevant son buste. Sa main gauche atterrit dans le sable à côté de son visage alors qu'il s'en servait pour se soutenir au-dessus d'elle. Il la manœuvra jusqu'à ce qu'elle soit à quatre pattes, son corps la recouvrant alors qu'il la martelait régulièrement à l'intérieur de son sexe.

Libérant sa main, il utilisa ses cheveux comme une poignée pour relever sa tête et la tourner sur le côté, exposant sa nuque. Submergée par la sensation, Mya fut prise au dépourvu lorsque, une simple seconde après avoir senti la chaleur de son souffle, ses crocs percèrent le tendon entre son cou et son épaule. Elle hurla alors que la douleur traversait son corps, pour ensuite haleter à la recherche d'air tandis qu'un orgasme la déchirait.

Alors que son fourreau se resserrait autour de lui, le malaxant, il poussa un hurlement sonore. Il y eut trois coups de butoir secs de ses hanches avant qu'il ne la pénètre si profondément et si fort que ses genoux se soulevèrent du sol. Puis il éjaculait et jouissait, son corps massif tressautant au-dessus d'elle.

Ensuite, quelque chose se produisit qui la souffla. Sa queue enfla encore plus à l'intérieur — si c'était possible — et elle sentit un nœud s'enclencher dans la paroi de son vagin, le verrouillant en place. Elle hurla à nouveau lorsqu'un autre orgasme la frappa, celui-ci plus fort que tous les précédents.

C'en était trop. Des points noirs dansaient devant ses yeux. Alors que la conscience s'évanouissait, sa dernière pensée fut : *Que je sois damnée d'avoir listé la série Breed de Lora Leigh parmi mes préférées.*

Chapitre Deux

Mya se réveilla en chevauchant une vague intense de satisfaction, de contentement et de désir grandissant. Elle avait un compagnon, quelqu'un qui lui appartenait. Elle ne serait plus jamais seule. Seule ? Mya ne se souvenait pas d'avoir été seule. Célibataire, certes, mais elle avait suffisamment de famille et d'amis pour la tenir occupée et combler sa vie. Elle n'était pas dans une relation amoureuse pour le moment, mais c'était par choix. Elle était attirante et sympathique, les hommes aimaient être en sa compagnie, et on l'invitait souvent à sortir. Alors pourquoi se sentirait-elle seule ?

Brusquement, Mya se rappela où elle était et ce qui s'était passé. Elle était sur L'Île Fantaisie, la vraie, pas celle de la série télévisée, l'héroïne d'un roman romantique créé exclusivement pour elle. Son héros loup-garou l'avait littéralement baisée jusqu'à lui faire perdre la tête.

Mya sentit un sourire idiot se dessiner sur son visage.

Elle était aussi une empathe, se souvint Mya. Son sourire perdit un peu de son éclat. Cette partie allait lui demander un peu de temps pour s'y habituer. L'empathie faisait une excellente lecture dans un roman, mais la réalité était moins réjouissante. Mya avait déjà assez de mal à gérer ses propres émotions sans être bombardée par celles des autres.

En s'étirant doucement pour soulager ses muscles qui se raidissaient lentement, Mya réalisa qu'on la caressait, non, qu'on la cajolait. Le loup-garou — elle avait vraiment besoin d'un nom pour l'appeler — caressait son mont de Vénus, ébouriffait ses poils pubiens et taquinait les lèvres de son sexe. Des vagues de possession émanaient de lui. Pas besoin d'être médium pour savoir qu'il pensait: *Ceci m'appartient*.

Non pas qu'elle s'en plaignait. Ce qu'il faisait était agréable. Tout homme — ou loup-garou — capable de la satisfaire comme il l'avait fait était plus que bienvenu pour revendiquer la propriété de sa chatte. Bon sang, pour le genre de plaisir qu'elle avait reçu, elle la lui donnerait, sans poser de questions ni imposer de conditions.

Il lécha paresseusement un de ses tétons. C'est alors que Mya réalisa que son haut avait disparu. Une chaleur lente montait dans son corps. Son excitation ou la sienne ? Peu importait. Elle perdait un temps précieux à rester assise là à réfléchir au lieu d'agir. Elle pourrait analyser la situation une fois rentrée chez elle.

Carpe Diem ou Saisir l'instant devint sa devise.

Elle tendit la main et saisit la partie de son anatomie qui la fascinait le plus. Un grondement commença dans sa poitrine et s'intensifia tandis qu'elle le caressait de la base jusqu'au bout. Il se rapprocha, lui permettant un meilleur accès alors qu'il effleurait son clitoris avec ce qui semblait être une griffe.

Mya sentit son sexe se liquéfier en imaginant ce que ce serait de chevaucher ce gros morceau de viande qu'elle tenait dans sa main. Eh bien, se dit-elle, pourquoi pas ? C'était son fantasme. Elle pouvait être aussi audacieuse qu'elle le souhaitait. Faire tout ce qu'elle voulait.

Elle se redressa en position assise et le poussa sur le dos. Il grommela lorsque sa main fut délogée, mais elle sentit sa curiosité tandis qu'il se laissait manœuvrer à sa guise. Quand elle s'installa à califourchon sur son ventre, une vague d'anticipation la frappa.

Oh oui, il aimait la tournure que prenaient les choses.

Mya se souleva, positionna son pénis suintant à son entrée et s'empala lentement. L'ajustement était encore serré, mais comme prouvé plus tôt, elle était plus que capable de l'accueillir. Elle enfonça ses doigts dans la fourrure de sa poitrine et s'y agrippa tandis que la gravité le forçait à s'enfoncer de plus en plus profondément. Après ce week-end, un humain normal ne pourrait jamais la satisfaire, mais elle s'occuperait de cette pensée dérangeante plus tard.

Centimètre par délicieux centimètre, il la remplissait. Son sexe palpitait autour de sa verge alors que la tête envahissante de son membre écartait ses muscles tremblants, glissant et stimulant des terminaisons nerveuses jamais touchées auparavant. Mya rejeta la tête en arrière. C'était bon. Vraiment, vraiment bon et elle n'avait même pas commencé à bouger. La tête en arrière, ses seins s'offraient à lui, une invitation qu'il ne refusa pas. Sa langue fouetta un téton puis l'autre jusqu'à ce qu'ils soient durs comme de l'acier et tendus vers lui.

— Suce-les, ordonna-t-elle, ne sachant pas d'où venait cette audace. Suce mes seins.

Elle ne savait pas s'il pouvait faire ce qu'elle lui avait demandé avec sa gueule de loup.

Il lui donna ce qu'elle exigeait. Des rangées de dents tranchantes comme des rasoirs se refermèrent doucement autour du globe de son sein droit tandis qu'une forte succion attirait son mamelon plus profondément dans sa bouche. Mya sentit la traction jusque dans son utérus.

— Oui, siffla-t-elle. Incapable de rester immobile, elle balança ses hanches d'avant en arrière, et quand cela ne suffit plus, elle ajouta un mouvement circulaire. Bientôt, elle développa un rythme. En avant, en arrière, cercle vers la gauche. En avant, en arrière, cercle vers la droite. Cela devint encore meilleur quand ses hanches se joignirent à l'action et qu'il commença à donner de petits coups vers le haut.

Il mordit légèrement un téton et Mya gémit durement alors que le plaisir la traversait. Elle s'appuya sur ses abdominaux durs comme du roc, ajusta son angle et le chevaucha plus fort et plus vite. À chaque glissement vers le bas, son clitoris frottait contre sa verge, envoyant des éclairs à travers elle.

Elle pompa ses hanches plus rapidement, se frottant plus fort, son corps aux commandes alors qu'elle se précipitait vers l'orgasme. Cela commença par une puissante implosion, débutant à l'intérieur et irradiant vers l'extérieur en cercles toujours plus grands jusqu'à ce que cela consume tout son corps. Mya hurla.

L'homme-loup la retourna habilement sur le dos et pilonna ses hanches contre les siennes. Ses dents se verrouillèrent à nouveau sur son épaule. Les ongles de Mya labourèrent ses biceps gonflés tandis qu'un autre orgasme la déchirait. C'était le deuxième. Elle ne pensait pas pouvoir en supporter un troisième. Elle avait oublié le truc du loup. Son loup-garou la pénétra si fort qu'elle jura qu'il avait repoussé son utérus d'un centimètre ou deux, et commença à jouir. Son corps tressautait à chaque jet. Puis cela se reproduisit. Il gonfla et ce nœud se forma, le bloquant en place.

Le corps de Mya se tendit comme un arc tandis que l'extase la traversait, explosant dans son cerveau. Une fois de plus, ce fut trop pour elle et elle perdit connaissance.

*****

Quand Mya reprit ses esprits, le soleil brillait et les oiseaux chantaient. Elle entendait les vagues s'écraser sur le rivage et l'odeur forte du sel emplissait l'air. La lumière du soleil filtrait à travers ce qui semblait être une ouverture dans une paroi rocheuse. Jetant un coup d'œil autour d'elle, Mya réalisa qu'elle se trouvait dans une grotte.

Pas dans une maison, avec toute la plomberie et les accessoires appropriés, mais dans une grotte. Citadine jusqu'au bout des ongles, cela posait problème. Un problème majeur car elle avait besoin d'aller aux toilettes, et vite. Elle se dégagea doucement du bras pâle et nerveux jeté négligemment autour de sa taille et se mit à genoux.

— Où vas-tu ?

Mya se figea en entendant cette voix humaine. Elle regarda à sa droite et son souffle se bloqua dans sa gorge. Son homme-loup était maintenant sous sa forme humaine. Cette vue relégua temporairement les besoins de son corps au second plan.

Il était mignon, d'une manière un peu geek. Il avait des cheveux ondulés brun-roux trop longs qui avaient besoin d'être domptés. Son visage était étroit, sa mâchoire carrée, et sa peau avait la pâleur d'un homme qui ne sortait pas beaucoup au soleil. Son corps musclé était long et élancé. À en juger par sa taille, il devait bien mesurer un mètre quatre-vingts ou plus, un beau complément à sa propre stature. Il n'y avait pas un gramme de graisse en trop. Sa poitrine était large et mince, comme celle d'un nageur. Et son sexe... elle se lécha les lèvres. Bien que pas aussi énorme que sous sa forme mi-loup/mi-homme, il était encore plus que suffisant pour la satisfaire. Sous son examen, il frémit et s'allongea.

— Où vas-tu ? répéta-t-il patiemment.

Elle détacha son regard et rencontra le sien, se rappelant enfin son but. — Aux toilettes.

— Par ici. Il se leva avec fluidité et sa vue de dos était si exquise que Mya oublia qu'elle était censée le suivre.

— Tu viens ?

Sa question la sortit de sa transe luxurieuse. Elle regarda pour voir s'il avait remarqué où son attention était fixée. C'était le cas, si le sourire satisfait sur son visage en était un indicateur.

Elle haussa les épaules. — Tu es magnifique, expliqua-t-elle son comportement et regarda avec fascination comme il rougissait.

Il continua d'avancer. — Ce n'est pas grand-chose mais c'est mieux qu'une feuille et le sol.

La « salle de bains » était une petite caverne annexée à la principale. La roche taillée utilisait le flux naturel de l'eau, qui évacuait les déchets et, supposait-elle, les emportait vers la mer. Une ouverture dans le plafond fournissait une source de lumière naturelle. Sur un rebord se trouvaient plusieurs bougies parfumées, largement suffisantes pour éclairer la nuit. Fixée au mur, une plaque d'un matériau hautement réfléchissant servait de miroir et parvenait à amplifier considérablement la faible lumière.

— C'est magnifique. Merci, lui dit-elle.

Il lui adressa à nouveau un sourire satisfait et sortit. Mya avait perdu espoir un instant, mais L'Île Fantaisie avait encore une fois répondu à ses attentes. Elle n'aurait pas à vivre dans des conditions spartiates.

Elle vida sa vessie et, tout en se lavant le visage et se brossant les dents avec la brosse à dents neuve et le tube de dentifrice fournis, elle examina son reflet. Un côté de son visage rond était couvert de sable et de petits morceaux de coquillages. Elle avait dû rester allongée partiellement au soleil pendant une longue période, car la moitié de son visage habituellement couleur noix de pécan paraissait rouge et légèrement irritée. Son cou et la partie supérieure de son bras gauche l'étaient également.

Le sable de la plage donnait à sa crinière brune mi-longue une apparence grise, et l'humidité de l'air avait transformé ses cheveux habituellement lisses grâce au défrisage en une masse de boucles emmêlées et frisottantes. Ce qui n'était pas plaqué contre son cuir chevelu formait une coiffure afro digne d'un clown.

Bon sang, heureusement que c'était un fantasme. Elle aurait été horrifiée qu'un homme la voie dans cet état. Du sable était collé sur presque chaque partie visible de son corps, de ses petits seins fermes à sa taille fine, en passant par son ventre légèrement rebondi et ses fesses et cuisses surdimensionnées — courtoisie de son travail de bureau cinq jours par semaine. Maintenant qu'elle en avait pris conscience, elle se sentait démanger partout et avait désespérément besoin de se laver pour enlever le sable et le sel qu'elle sentait incrustés dans ses cheveux et plaqués sur son corps.

Elle retourna dans la caverne principale.

— J'ai besoin d'un bain. Je suis couverte de sable.

Son regard affamé parcourut son corps, la rendant cruellement consciente de sa nudité. Mya le dévisagea à son tour. Ses narines se dilatèrent, et elle se demanda s'il pouvait sentir son excitation naissante.

— Un bain, tout de suite, dit-il d'une voix rauque. Il lui tendit la main.

Mya tendit la sienne, et sa main démesurément grande l'enveloppa, l'engloutissant. Il la conduisit hors de la grotte et s'arrêta un moment pour laisser à ses yeux le temps de s'adapter à la lumière du soleil. Quand elle put enfin focaliser son regard, Mya réalisa qu'ils étaient sur le flanc d'une montagne.

— Comment sommes-nous arrivés ici ? demanda-t-elle avec étonnement. La dernière chose dont elle se souvenait, ils étaient sur la plage.

— Je t'ai portée jusqu'ici après que tu t'es évanouie la première fois. Mya rougit en se rappelant que sa passion avait été trop intense pour elle.

— Tu as parlé d'un bain ? lui rappela-t-elle, pour détourner son attention.

Son regard devint inquisiteur, mais il garda pour lui les questions qu'il pouvait avoir.

— Fais attention. Tiens-toi au mur. C'est un peu délicat par endroits, l'instruisit-il en la guidant le long du sentier rocailleux, pataugeant par endroits dans une eau courante qui leur montait jusqu'aux genoux.

Ils arrivèrent à une tranquille étendue d'eau de la taille d'un petit étang. Une cascade l'alimentait à l'arrière et des parois rocheuses l'entouraient sur les trois quarts avant qu'elle ne se déverse dans une autre cascade. Mya eut le souffle coupé devant cette beauté naturelle.

L'eau réchauffée par le soleil lui arrivait à la taille. Mya s'y enfonça, se délectant de sa chaleur. Plongeant sous la surface, elle passa ses doigts dans ses cheveux mi-longs jusqu'à ce que le plus gros du sable ait disparu. Lorsqu'elle refit surface, il était là, à l'attendre.

— Puis-je ? demanda-t-il en montrant ses mains pleines de mousse.

— À une condition, marchanda-t-elle. Dis-moi ton nom.

Il sourit. — Je m'appelle Gabriel. Ma famille et mes amis m'appellent Gabe.

— Gabriel ? Comme l'archange, protecteur des femmes et des enfants ?

Il haussa les épaules et s'avança, tendant les mains vers ses cheveux. Mya se pencha vers lui, appréciant ses attentions.

— Eh bien, Gabe, enchantée. Je m'appelle Mya. Elle inspira profondément. Les yeux fermés, chaque sens était amplifié. — Qu'est-ce que c'est ? Ça sent divinement bon.

— De l'essence de jojoba, répondit-il. Est-ce que je t'ai fait mal hier soir ? Avec la pleine lune, je ne contrôle pas toujours ma bête.

Une vague d'inquiétude la submergea. Elle correspondait à l'expression sur son visage et la poussa à le rassurer rapidement. — Tu ne m'as pas fait mal.

— Mais ma bête t'a effrayée. Elle pouvait sentir ses remords.

Mya ne le nia pas. Elle avait été terrifiée, au début. — Il s'est rattrapé, lui dit-elle avec un sourire satisfait.

— Je peux faire mieux, lui dit-il avec sincérité. Laisse-moi me faire pardonner.

— Faire mieux ? répéta-t-elle, incrédule. Mieux me tuerait.

— Bien mieux, affirma-t-il en la soulevant par la taille et en la portant vers le bord du bassin.

Chapitre Trois

— Vraiment, ce n'est pas nécessaire. Fais-moi confiance, dit Mya. Si la bête la rendait inconsciente, que ferait l'homme ? Lui donner une crise cardiaque ?

— Je pense que ça l'est. Je ne veux pas qu'elle te fasse fuir. Il la souleva sur le petit rebord juste au-dessus du bord de l'eau et s'agenouilla. Elle aurait été sous l'eau, mais il était assez grand pour que ça fonctionne. Il écarta largement ses cuisses et resta assis à contempler son sexe comme s'il regardait le Nirvana.

Il se pencha en avant et enfouit son nez dans sa fente, inspirant profondément. Homme ou loup-garou, il semblait toujours apprécier son odeur. Sa main se précipita pour le saisir par la tête alors que sa langue se mettait à l'œuvre. Oooh, l'homme était définitivement plus habile. Sa bête se contentait de la laper, affamée du jus qu'il pouvait forcer son corps à produire. L'homme était méthodique dans son attaque, bien qu'elle sentît que son plaisir sous cette forme n'était pas moindre. Il s'appliquait à toucher tous ses points de plaisir, encore et encore, jusqu'à ce qu'elle gémisse et crie son nom.

— C'est ça. Dis encore mon nom, ordonna-t-il.

— Gabriel, gémit-elle.

— J'adore la façon dont tu prononces mon nom. Gabe se releva et accrocha ses jambes sur ses avant-bras, la maintenant ouverte. — Mya, dis que tu resteras avec moi. Dis que tu seras ma compagne.

Elle lui caressa la joue. — Oui.

— Tu seras mienne ? demanda-t-il comme s'il avait besoin d'être rassuré.

— Et tu seras mien, confirma-t-elle.

Il ferma les yeux et une vague de soulagement et... d'amour ?... la submergea. Quand il rouvrit les yeux, ils étaient remplis d'une telle chaleur qu'elle se sentit brûlée jusqu'aux os. Son regard possessif balaya son corps. — Mienne ?

— Entièrement tienne, confirma-t-elle.

Gabe frissonna littéralement. Il s'avança, plia les genoux et aligna son sexe avec son entrée ruisselante. — Regarde, ordonna-t-il.

Elle baissa les yeux et observa le gland rougeâtre écarter ses lèvres plus sombres avant de s'enfoncer lentement. Ils gémirent tous deux à cette sensation exquise. Si c'était possible, c'était encore meilleur que la nuit dernière. Il poussa jusqu'à ce que leurs poils pubiens se rejoignent. Il capta son regard. — Prête ?

— Oui.

— Accroche-toi à moi.

Elle agrippa ses épaules. Gabe se retira lentement, puis la pénétra d'un coup. — Tu ne sais pas depuis combien de temps j'attendais de faire ça, dit-il. Il adopta rapidement un rythme effréné qui lui fit perdre la tête. Ses ongles s'enfoncèrent dans sa peau.

— C'est ça. Marque-moi. Griffe-moi. Que tout le monde voie le plaisir que je te donne, l'encouragea-t-il.

— Gabriel, haleta-t-elle.

— Encore. Dis encore mon nom.

— Gabe.

— À qui appartient Gabe, Mya ? À qui est-ce que j'appartiens ?

— À moi, tout à moi.

— N'oublie jamais, Mya. Je suis à toi et tu es à moi. Ne l'oublie jamais. Promets-le-moi, exigea-t-il.

— Je te le promets. Oh, Gabe, je... Avec un long cri aigu, elle jouit.

— Merde, tu sais à quel point ta chatte est bonne quand elle m'enveloppe, Mya ? Comment elle me suce ? Tu n'as aucune idée à quel point... Gabe gémit, profondément et longuement alors qu'il jouissait.

Sous sa forme humaine, il ne restait pas bloqué à l'intérieur comme lorsqu'il était un loup-garou, mais Mya n'était pas déçue. Il l'avait plus que satisfaite. Il s'empara de sa bouche pour un baiser, leur premier. Gabe était aussi doué pour cela que pour tout le reste.

— Dès que mes genoux pourront me porter, je te ferai descendre de là, dit-il.

— Ne te presse pas pour moi, lui dit-elle, savourant la sensation de son corps contre le sien, son sexe encore profondément enfoui en elle. Gabe relâcha ses jambes et elle les leva pour les enrouler autour de sa taille, le retenant contre elle. — Ne bouge pas. Pas encore.

— Je ne vais nulle part, l'assura-t-il.

Ils restèrent unis, profitant d'un moment de paix. Après de longues minutes, son sexe se ramollit et glissa hors d'elle. — Allons nous nettoyer et trouver un endroit où nous détendre, dit-il.

— D'accord.

Plus tard, ils étaient allongés, enlacés sur un lit d'herbes sauvages, profitant de la brise océanique tandis que le soleil brillait sur leurs corps nus. Gabe était couché sur le dos, Mya à moitié étendue sur lui, sa tête reposant sur sa poitrine. Elle risquait un coup de soleil mais se sentait trop bien pour bouger.

— Parle-moi de toi, ordonna Gabe en enroulant une mèche de ses cheveux. Sans peigne ni brosse, Mya savait que ses cheveux avaient séché en ressemblant à un buisson bouclé. Gabe ne semblait pas s'en soucier.

Mya rit.

— Que veux-tu savoir ?

— Tout, répondit-il instantanément.

— Et si tu précisais un tout petit peu, lui dit-elle avec un sourire, adorant qu'il soit si concentré sur elle. Pose-moi une question, l'encouragea-t-elle.

Gabe réfléchit un moment.

— Quel est ton plat préféré ?

— Pizza au pepperoni et à la saucisse avec des tomates et des oignons.

Il ne cilla pas ni ne commenta comme d'autres l'auraient fait, passant directement à sa question suivante.

— Ta boisson préférée ?

— Pepsi.

— Ton film préféré ?

— Trop nombreux pour les nommer, mais j'aime les choses sérieuses. Tu sais, les drames, basés sur des événements réels ? Mya regardait sa main tandis qu'elle descendait le long de son flanc jusqu'à sa cuisse, incapable d'être si proche et de ne pas le toucher.

— Comment est ta famille ? As-tu des frères et sœurs ? Et tes parents ?

— Ma mère et mon père sont tous les deux en vie et toujours mariés. J'ai deux frères aînés et une sœur cadette. Mes deux frères ont des enfants, donc je suis tante quatre fois. Ma sœur est encore à l'université, répondit-elle distraitement, plus absorbée par la sensation de la peau de Gabe que par sa réponse.

— Veux-tu des enfants ? Il prit le côté de sa tête dans sa main et la releva pour voir son visage.

Mya cligna des yeux.

— Tout de suite ? Non, mais un jour, certainement.

L'expression de Gabe devint très intense.

— Fille ? Garçon ? Un enfant, deux ?

Elle haussa les épaules.

— Peu importe. Je serai heureuse avec ce dont je serai bénie.

Cette conversation sur les enfants lui rappela à quel point il était amusant de les concevoir, du moins avec cet homme. Elle passa doucement sa jambe droite par-dessus ses cuisses pour s'allonger complètement sur lui.

Gabe déplaça ses mains de sa tête à ses fesses, la repositionnant à son goût.

— Avec toi comme mère, nos enfants seront magnifiques.

En absorbant son compliment, Mya sentit son visage rougir. Elle savait qu'elle était attirante d'une manière discrète, mais pas magnifique. Pendant un instant, Mya souhaita que tout cela soit réel. Que Gabriel soit son compagnon, qu'elle soit sa femme, et qu'ils aient l'éternité devant eux au lieu des vingt-quatre heures qui s'écoulaient rapidement.

— Penses-tu que ta famille m'acceptera ?

Repoussant le rappel déprimant du peu de temps qu'il lui restait, Mya se pencha et frotta sa joue contre la sienne.

— Ils sauront que je t'aime, et tant que tu es bon avec moi, ils s'en moqueront, l'assura-t-elle.

— Même si je suis blanc et un loup-garou ? Il semblait vraiment inquiet, sans raison.

Elle rit doucement. — On n'est pas obligés de leur parler de la partie loup-garou, mais ils ne se soucient pas de choses comme la race. C'est la personne qui compte. Fais-moi confiance, ils vont t'adorer.

Il se rapprocha jusqu'à ce que son visage ne soit qu'à quelques centimètres du sien. — Est-ce que *tu* m'aimes ?

Elle caressa son visage du regard. Être une empathe lui permettait de voir tellement plus en lui que ce qui était en surface. — Oui, je crois bien. C'était stupide de sa part parce que rien de tout cela n'était réel, mais comment ne pas aimer cet homme créé exclusivement pour elle. Il était littéralement son rêve devenu réalité.

Une vague intense de joie et d'amour la submergea lorsque Gabe combla la distance et l'embrassa. Un baiser en entraîna un autre, puis un autre, jusqu'à ce qu'ils fassent l'amour. Contrairement au pilonnage féroce de la fois précédente, c'était une tendre affirmation de leurs sentiments l'un pour l'autre.

Après cela, ils passèrent la majeure partie de la journée à parler, apprenant à mieux se connaître. Ils nagèrent dans l'océan, explorèrent l'île, et vers le soir, retournèrent à leur piscine pour jouer et faire l'amour à nouveau alors que le soleil commençait à descendre à l'ouest.

— On ferait mieux de rentrer avant qu'il ne fasse trop sombre pour voir, dit Gabe.

— Il y aura une autre pleine lune ce soir, lui dit-elle.

Gabe fronça les sourcils. — Je sais.

— Tu vas te transformer à nouveau ? demanda-t-elle avec curiosité.

— Oui. Ça ne te dérange pas ? Je ne peux pas promettre de le tenir éloigné de toi, maintenant qu'il y a goûté.

Mya pouvait voir à quel point il était inquiet. Elle caressa sa joue pour essayer de le rassurer. — Ta bête, c'est toi. J'accepte tout de toi.

Il la prit dans ses bras pour un autre baiser prolongé, reconnaissant de son acceptation facile. — Merci.

Alors qu'ils se dirigeaient vers la grotte, elle demanda : — Je peux regarder ? Plus tôt, il s'était transformé de sa forme humaine en loup pour elle.

Il jeta un coup d'œil par-dessus son épaule. — Non, pas cette fois. Le processus n'est pas très agréable. Je ne veux pas t'effrayer.

Elle savait déjà, d'après une discussion précédente, que lorsqu'il était sous sa forme d'homme-loup — ou de loup-garou comme il l'appelait — il gardait sa conscience humaine mais n'était pas toujours maître de ses actes. D'où l'inquiétude persistante de Gabe pour sa sécurité et son bien-être.

Ils entrèrent dans la caverne et elle aida Gabe à allumer la multitude de bougies éparpillées partout. Quand ils eurent fini, cela donnait à l'endroit une lueur romantique. Encore sombre selon ses standards, mais parfait pour la vision améliorée du loup-garou.

Gabe parti, elle s'installa sur la plateforme surélevée qui contenait leur literie pour attendre son retour. Sur le sol de la caverne, en dessous d'elle, se trouvait un tapis de type oriental extrêmement épais, d'une bonne taille de deux mètres sur deux mètres cinquante. C'est sur ce tapis qu'elle s'était réveillée ce matin-là.

Elle avait demandé à Gabe pourquoi la grotte, n'avait-il pas une maison ? Il avait répondu que oui, mais que sa bête n'aimait pas être confinée entre quatre murs. Elle pouvait tolérer la grotte et était heureuse de le faire maintenant qu'elle avait une compagne. Sa sécurité était désormais primordiale, et le serait encore plus quand les petits commenceraient à arriver.

Pendant un instant, elle s'autorisa à imaginer ce que serait la vie si tout cela était réel. Elle et Gabe pourraient rester ici pendant les semaines de pleine lune, et passer le reste du mois dans sa maison. Gabe était si aimant et sensible, toujours si attentionné à ses besoins. Et surtout, il avait le sens de l'humour. Elle adorait être avec lui.

Elle aimait Gabe. De plus en plus à chaque heure qu'ils passaient ensemble.

Chapitre Quatre

Au loin, Mya a entendu un hurlement et a su que c'était Gabe. Il n'y a pas eu de réponse. Pour autant qu'elle sache, Gabe et elle étaient les seuls sur cette île. Ils n'avaient vu aucun signe de vie lorsqu'ils se promenaient, jouant leur numéro d'Adam et Ève.

Il venait à elle, et rapidement. Elle pouvait sentir sa détermination, son désir. Il voulait sa compagne et elle attendait, prête à ce qu'il la prenne. L'anticipation les chevauchait tous les deux avec force.

Peu importait que Gabe l'homme et elle aient passé la majeure partie de la journée à faire l'amour. C'était sa bête. Toujours Gabe, mais son côté plus primaire, et ce côté d'elle lui donnait envie de hurler elle aussi.

Elle a senti sa présence avant de le voir. Levant les yeux, elle l'a vu se profiler dans l'ouverture. Mesurant plus de deux mètres, avec une tête et un museau de loup, un torse et des bras d'homme aux griffes redoutables au bout des doigts, il était entièrement recouvert d'une fourrure sombre, clairsemée par endroits et plus épaisse à d'autres. Avec ses jambes pliées dans un angle étrange comme un chien debout sur ses pattes arrière, c'était un spectacle à contempler.

— *Compagne.*

— Oui, ta compagne, a-t-elle répondu, bien que ce ne fût pas une question.

— *Mienne.*

— Je t'appartiens. Une fois de plus, elle a répondu à son affirmation.

— *Prendre*, a-t-il grogné.

— Tout ce que tu veux, lui a-t-elle dit dans un soupir de désir tandis qu'elle s'appuyait sur ses coudes et écartait largement les jambes en guise d'invitation.

Un instant plus tard, son museau était enfoui entre ses jambes. Mya s'est accrochée à ses oreilles pointues et a chevauché sa langue jusqu'à l'extase. Il la dévorait comme s'il était affamé et qu'elle était la première nourriture qu'il voyait depuis des semaines. Elle s'est retrouvée rapidement dans une zone de plaisir où la sensation régnait et la logique n'avait plus aucun sens.

Elle a gémi de déception quand il s'est écarté, mais a retenu son souffle dans une anticipation euphorique quand il l'a retournée sur le ventre et l'a montée. Elle l'a ressenti à nouveau, cet étirement délicieux des muscles vaginaux presque jusqu'à leur limite. La petite morsure de douleur couplée à l'extase la plus glorieuse des terminaisons nerveuses stimulées jusqu'à ce que Mya ne soit plus qu'une banshee hurlante de félicité sexuelle.

Toute la nuit, il l'a prise et elle l'a accepté. Il s'est noué en elle encore et encore. Il y avait un désespoir sous-jacent dans ses actions, comme si Gabe le loup-garou réalisait que c'était leur dernière nuit ensemble et essayait de la faire durer le plus longtemps possible.

Mya ressentait elle aussi le même sentiment d'urgence. Elle devait faire durer ce moment, le rendre inoubliable. Elle n'aurait jamais une autre occasion de vivre cela. Elle devait graver son image dans son esprit, imprimer le souvenir de lui, de leur temps ensemble, dans sa mémoire.

Ni la douleur ni la fatigue n'avaient leur place ici. Pas plus que le sommeil. Ce n'est que lorsque le dernier faible rayon de lune a cédé la place au soleil levant à l'est qu'ils sont tombés dans un sommeil épuisé.

*****

Mya s'est réveillée avec la certitude que son dernier jour était arrivé. Comme le sable dans un sablier, le temps s'écoulait rapidement à une vitesse que son œil ne pouvait saisir. À dix-sept heures, son fantasme prendrait officiellement fin et il serait temps de partir. À en juger par l'angle du soleil qui brillait à travers l'ouverture, il était déjà le milieu de la matinée.

Elle s'est retournée pour trouver Gabe allongé là, la regardant.

— Pourquoi ne m'as-tu pas réveillée ?

— Tu étais fatiguée et j'aime te regarder dormir, a-t-il expliqué.

Elle a dû se rappeler de ne pas se mettre en colère. Gabe ne savait pas ce qui était en jeu. Il pensait que tout cela était réel. Il ne savait pas que lui et leur relation n'étaient qu'un produit de son imagination donné vie par le personnel de L'Île Fantaisie.

Pendant un instant, la dépression a submergé Mya et elle a retenu ses larmes avant que Gabe ne puisse les voir. Ne voulant pas gaspiller davantage de temps précieux, elle a roulé vers lui et a mis ses bras autour de son cou.

— Je t'aime tellement, lui a-t-elle dit doucement. Tellement, a-t-elle fini dans un murmure.

Puis elle a entrepris de lui montrer avec son corps à quel point il comptait pour elle. Ça n'était pas censé se passer comme ça. L'amour ne devrait pas pouvoir grandir avec une telle intensité en l'espace d'un week-end. Comment allait-elle vivre sans Gabe ? Comment pouvait-on s'attendre à ce qu'elle retourne à sa vie banale et laisse derrière elle ce qu'elle avait trouvé avec cet homme, ce loup-garou ?

Il était tellement plus que tout ce qu'elle avait pu imaginer lorsqu'elle avait créé son fantasme. Elle n'avait pas envisagé des cheveux brun-roux indisciplinés qui tombaient continuellement sur des yeux gris magnétiques lorsqu'elle avait répondu à son questionnaire. Elle n'avait pas imaginé un homme qui pouvait la faire rire un instant et l'étonner l'instant d'après par sa profonde perspicacité. Elle n'avait pas su à quel point ce serait merveilleux d'avoir un homme totalement concentré sur son plaisir, au lit et en dehors, n'attendant rien en retour.

Comment aurait-elle pu ? Qui savait qu'une telle chose pouvait exister dans la vraie vie ? Et c'était là, justement, le problème. Ce n'était pas réel, mais pour son cœur et son esprit, ça l'était. Mon Dieu, c'était plus réel que tout ce qu'elle avait jamais vécu dans sa vie.

Plus tard, alors qu'elle était blottie dans ses bras, il a demandé :

— Tu veux aller nager à nouveau aujourd'hui ?

— Pas vraiment.

— Tu as faim ? Nous n'avons pas encore mangé et l'heure du petit-déjeuner est largement passée, dit-il en caressant langoureusement ses cheveux.

— Je n'ai pas vraiment faim.

Sa main s'arrêta.

— Tout va bien ? Tu as l'air déprimée. La nuit dernière a été trop pour toi, n'est-ce pas ? J'aurais dû essayer plus fort de le maîtriser.

Mya réalisa qu'elle devait se ressaisir si elle ne voulait pas qu'il soupçonne que quelque chose n'allait pas. Réfléchissant rapidement à une excuse logique, elle secoua la tête et admit:

— Je suis encore un peu fatiguée. Autant j'ai apprécié la nuit dernière et je la recommencerais sans hésiter, autant je ne suis pas habituée à autant d'activité sexuelle.

Gabe la souleva et la mit de côté, puis se leva. Lui tendant la main pour l'aider à se relever, il dit:

— Viens. Tu dois manger. Je vais te nourrir et ensuite nous retournerons à la piscine pour nous baigner. Ça te va ?

— Oui, répondit Mya en levant la main et en le laissant la tirer pour la mettre debout.

L'île offrait une abondance de fruits et de noix pour leur plaisir culinaire. Ils cueillaient les fruits directement sur les arbres. Elle se gava de mangues, de bananes et d'autres fruits tropicaux et noix, et étancha sa soif avec du lait de coco et de l'eau provenant directement d'un ruisseau de montagne.

— Si je mangeais comme ça tous les jours, je n'aurais pas besoin de faire de l'exercice pour perdre du poids. Les kilos fondraient, dit Mya alors qu'ils terminaient leur pique-nique au bord de la falaise.

Son regard la parcourut.

— Je t'aime comme tu es. Ne perds pas un gramme.

Il se regarda d'un air penaud.

— Moi, en revanche, je suis déjà assez maigre comme ça. J'ai travaillé dur pour gagner le peu de muscle que j'ai et je ne peux pas me permettre d'en perdre.

Mya lui rendit le même regard qu'il lui avait lancé. Se léchant les lèvres, elle lui dit :

— Je trouve que tu es parfait comme tu es.

— Vraiment ? demanda-t-il, l'air à la fois dubitatif et plein d'espoir.

— Mmm... Elle rampa vers lui. Veux-tu que je te montre encore à quel point j'aime ton corps ?

— Eh bien, si tu penses que ça aiderait, murmura-t-il avec une lueur malicieuse dans les yeux.

Mya prit son temps, commençant par ses pieds et remontant progressivement. Elle n'avait pas menti. Elle aimait tout chez lui, de ses grandes mains et ses longs pieds étroits à chaque partie proportionnée entre les deux. Quand elle arriva à son sexe, elle lui accorda une attention toute particulière.

Après qu'elle eut fini, Gabe se sentit obligé d'exprimer avec ses mains et sa bouche à quel point il aimait et appréciait son corps en retour. Rassasiés, ils allèrent s'ébattre dans la piscine, se lavant mutuellement du jus de fruit et d'autres fluides, et faisant à nouveau l'amour dans l'eau.

Mya regarda l'angle du soleil dans le ciel.

— Retournons à la grotte pour faire une sieste. Après la nuit dernière, nous en méritons une.

— Ça me semble une bonne idée. Ce soir, c'est la dernière nuit de pleine lune. Tu auras définitivement besoin de te reposer, acquiesça Gabe.

Ils retournèrent à la caverne et Gabe grimpa sur la plate-forme et s'allongea. Mya s'installa à côté de lui, blottie dans ses bras. Le cœur brisé, elle retint ses larmes, attendant que la respiration de Gabe devienne régulière, signe d'un sommeil profond. Quand elle ne put plus attendre, elle se dégagea doucement de son bras, attendit un moment pour s'assurer qu'il ne se réveillait pas, et quitta la grotte.

Se rendant rapidement à la piscine, elle récupéra le bikini rouge et le paréo qu'elle avait lavés et mis à sécher sur un rocher pour ce moment précis. Les cordons du bas étaient déchirés, mais elle réussit à les faire tenir. Habillée à nouveau pour la première fois depuis son arrivée il y a deux jours, elle se dirigea vers le point de rendez-vous, un petit quai sur le côté rocheux de l'île. Un hors-bord et un petit équipage l'attendaient.

Un homme petit et à la peau foncée, vêtu d'un pantalon blanc et d'une chemise fleurie, faisait les cent pas sur le ponton flottant quand elle arriva.

— Mademoiselle Anderson, nous étions sur le point d'envoyer quelqu'un à votre recherche, dit son escorte.

— Je suis désolée. Cela m'a pris plus de temps que prévu pour arriver ici, dit-elle en jetant un regard d'excuse au reste du petit équipage de trois hommes.

— Pas de problème. Vous êtes là maintenant. Avez-vous apprécié vos vacances ? demanda-t-il en l'aidant à monter dans le bateau.

— Tout à fait, lui dit-elle.

— Bien, bien. Mettez le gilet de sauvetage et installez-vous confortablement. Nous vous ramènerons chez vous en un rien de temps. Il détacha la corde qui amarrait le bateau au quai et sauta à bord, se dirigeant vers l'avant.

Elle fit comme on lui avait dit et s'assit à l'arrière du bateau, le visage tourné vers l'île qui s'éloignait rapidement. En la regardant devenir de plus en plus petite, elle laissa le vent emporter les larmes qui traçaient lentement leur chemin sur son visage.

Chapitre Cinq

Le lundi matin, Mya s'est fait porter pâle. Il n'y avait aucun moyen qu'elle puisse aller travailler et prétendre que son cœur n'avait pas été mis en pièces. Pas quand elle avait fondu en larmes inconsolables pendant une publicité pour une épicerie, tout ça parce qu'ils avaient fait un panoramique sur le rayon des fruits et légumes. C'étaient les bananes qui l'avaient fait craquer. Après une crise de larmes qui avait duré plus d'une heure, il n'y avait aucune chance qu'elle puisse aller travailler.

Mardi, elle s'est forcée à aller au bureau malgré les cernes sous ses yeux. Dans son travail de représentante du service clientèle dans un centre d'appels, personne ne la verrait. Elle a éloigné ses collègues en prétextant un virus attrapé pendant le week-end. Son mensonge servait deux objectifs. Il empêchait les gens de la déranger, de peur qu'elle ne soit contagieuse, et il fournissait une excuse commode pour son apparence blafarde.

Elle prenait ses appels avec la même efficacité que d'habitude, mais son cœur n'y était pas. Son esprit était resté sur l'île avec Gabe. Mya détestait le fait de n'avoir aucune photo de lui. Aucun appareil électronique n'était autorisé sur L'Île Fantaisie. Les seuls souvenirs qu'elle avait étaient ceux dans son esprit. Même la marque d'accouplement sur son épaule s'était estompée dès que le petit hydravion avait décollé de l'île.

Elle ne pouvait s'empêcher de se demander ce que Gabe avait ressenti en se réveillant pour la trouver partie. L'avait-il cherchée ? Si oui, pendant combien de temps ? Il avait été si seul. Il était si heureux de l'avoir trouvée, elle, sa compagne, et si incertain de l'accueil qu'elle lui réserverait. Si effrayé d'être rejeté. Comment sa disparition l'avait-elle affecté ?

Mon Dieu, elle devait arrêter de se tourmenter comme ça. Gabe n'était pas réel. Pour ce qu'elle en savait, il avait peut-être disparu dès qu'elle était montée sur le bateau. Une chose dont Mya était sûre, c'est qu'il n'avait pas été un acteur payé pour jouer un rôle. Elle ne savait pas comment L'Île Fantaisie avait réussi à faire ça, mais elle en était certaine. *Laisse tomber, Mya, et reprends-toi. Ce n'était qu'un week-end dans ta vie. Quarante-huit heures. Tu es plus rationnelle que ça.* Peu importe le nombre de fois où elle se répétait le même discours d'encouragement, cela ne fonctionnait pas. Elle, qui n'avait jamais été amoureuse de sa vie, était tombée et était tombée durement. Mya ne savait pas si elle s'en remettrait un jour. Comment un homme réel pourrait-il être à la hauteur ?

À douze heures quinze, elle se déconnecta du système et posa son casque. C'était l'heure du déjeuner, mais elle n'avait pas d'appétit. Elle se rendit dans la grande salle de pause, s'assit à l'une des tables pour deux personnes dans le coin, et sortit un livre. C'était une romance torride et avant ce week-end, elle aurait été complètement dedans. Maintenant, ce n'était que pour la forme. Tant qu'elle semblait lire, personne ne la dérangerait.

Elle fixait misérablement la même page depuis cinq minutes lorsqu'une voix profonde, vaguement familière, demanda : — Ce siège est pris ?

Mya secoua la tête en signe de négation et lui fit signe de prendre la chaise. Elle ne l'utilisait certainement pas. La chaise fit un bruit de raclement sur le sol carrelé lorsqu'elle fut tirée de la table. Au lieu de l'emporter comme elle s'y attendait, la personne s'assit.

— J'ai remarqué que vous ne mangiez rien. Si vous avez oublié votre déjeuner, je suis prêt à partager. Il y en a largement assez pour deux, dit-il.

Elle soupira. Ne pouvait-il pas voir qu'elle voulait simplement être laissée tranquille ? Levant enfin les yeux de son livre, elle dit : — C'est bon. Je n'ai vraiment pas... Mya le regarda, stupéfaite. Gabe ?

— Tu es sûre ? C'est une pizza saucisse et pepperoni avec des tomates et des oignons. On m'a dit que c'était ta préférée, continua-t-il.

Gabriel la regarda intensément dans les yeux. — Je n'ai pas d'assiettes, mais ça devrait être assez froid maintenant pour manger avec nos doigts, et il y a plein de serviettes.

Mya ne pouvait détacher son regard de son visage. — Les serviettes iront très bien, lui dit-elle d'une voix faible.

Elle avait du mal à aligner deux pensées cohérentes. Était-elle en train d'halluciner ? Mais non, il était là. Ou du moins, quelqu'un qui ressemblait étonnamment à son héros de l'île était assis à la table avec elle. Mya détacha son regard de son visage et jeta un coup d'œil à son badge : Gabriel Adams, Division ITD.

Il lui tendit une part de pizza et en prit une pour lui-même. Comme elle, il ne fit aucune tentative pour manger la sienne.

— Je ne comprends pas. Tu es réel ? demanda-t-elle, totalement déconcertée.

Gabe jeta un regard prudent autour de lui aux autres personnes dans la salle de pause bondée. — Ça te dérange si on sort d'ici ?

Mya regarda autour d'elle, réalisa qu'ils avaient besoin d'intimité pour les questions qu'elle voulait poser et acquiesça. Gabe ramassa leur nourriture et la remit dans la boîte. Avec la pizza en main, il ouvrit la marche hors de la salle de pause jusqu'à ce qu'ils soient sortis du bâtiment. Ils se dirigèrent vers l'un des nombreux espaces de détente dispersés sous les arbres.

Alors qu'ils s'installaient côte à côte sur le banc, Mya aurait aimé être encore une empathe. L'expression de Gabe était si fermée qu'elle n'avait aucune idée de ce qu'il pensait ou ressentait. En fait, oubliez l'empathie. En ce moment, elle ne savait même pas ce qu'*elle* ressentait.

Il posa la boîte sur un banc proche et se tourna vers elle. Mya l'étudia. Ses cheveux brun-roux étaient les mêmes, retombant adorablement sur son front. Ses magnifiques yeux gris étaient cachés derrière d'affreuses lunettes à monture noire, qui diminuaient leur attrait. Ses vêtements, un jean délavé trop grand et un t-shirt rouge passé, ne mettaient pas en valeur le corps qu'elle savait se cacher en dessous. En d'autres termes, Gabe ressemblait au geek typique, facilement négligeable.

— Que se passe-t-il, Gabe ? Tu es bien Gabe, n'est-ce pas ? Tu étais là-bas sur l'île ?

Utilisant son majeur, il poussa nerveusement ses lunettes plus haut sur son nez. — Oui, c'était moi.

Complètement perdue, Mya dit: — Je ne comprends pas. Comment pouvais-tu être là ? Ce n'était pas censé être réel. Ils m'ont assuré que c'était un fantasme.

— Eh bien, oui et non. Une partie était réelle. Il l'observa, mal à l'aise.

— Quelle partie ? exigea-t-elle.

La rougeur grandissante sur son cou et son visage répondit à sa question.

Mya s'entoura de ses bras et se recroquevilla. — Tu m'as vue nue ? On a couché ensemble ?! Oh mon Dieu. Elle savait que c'était totalement fou de sa part. Elle avait passé le dernier jour et demi à souhaiter que Gabe soit réel, mais maintenant qu'elle savait qu'il l'était...

Toutes sortes de choses lui traversaient l'esprit. Elle avait eu des rapports sexuels, non protégés, avec un étranger. Oh mon Dieu, elle pourrait être enceinte !

Il se précipita pour la rassurer. — Ne t'inquiète pas. Je suis clean. J'ai fait des tests récemment et ce n'est pas comme si j'étais un playboy. Je n'ai eu qu'une ou deux relations sérieuses et c'était il y a des années.

Mya ferma brièvement les yeux et gémit de détresse. — Je n'avais même pas pensé aux maladies. Je m'inquiétais pour une grossesse.

— Oh ! Il sursauta, attirant son attention. Elle l'avait déconcerté. Lentement, un sourire satisfait traversa son visage. — Tu penses que c'est possible ?

Choquée par sa question, elle fit volte-face sur le banc vers lui. En le dévisageant, une pensée surprenante lui traversa l'esprit. Quelle part du Gabe qu'elle avait rencontré sur l'île était réelle et quelle part relevait du fantasme ? Mya savait qu'elle avait été elle-même. Un peu plus audacieuse que d'habitude, mais tout ce qu'elle avait dit et fait reflétait sa véritable personnalité. Pouvait-on en dire autant de Gabe ?

— Es-tu vraiment un loup-garou ? demanda-t-elle avec incertitude.

Sa question le prit au dépourvu. Il hésita avant de répondre. — Sors avec moi ce soir et je te le dirai, marchanda-t-il.

Ce fut à son tour d'être étonnée par sa réponse. Mya y réfléchit. Elle était tombée amoureuse de Gabe le loup-garou. C'était l'occasion de voir si ce Gabe pouvait également conquérir son cœur. — Je sortirai avec toi si tu me dis comment tu t'es retrouvé sur L'Île Fantaisie, contra-t-elle.

Une fois de plus, cette adorable rougeur balaya ses traits et Mya réalisa que, malgré son côté geek, Gabe était vraiment mignon. — J'ai... euh... en quelque sorte vu ton e-mail, avoua-t-il. Celui que tu leur as envoyé, poursuivit-il quand elle parut confuse.

— Celui que j'ai envoyé à L'Île Fantaisie ? Comment as-tu... ? Sa voix monta d'indignation. Tu m'as *espionnée* ?

— Non, non, non, la rassura-t-il précipitamment, jetant des regards nerveux autour de lui. Devant son air sceptique, il expliqua: C'est mon travail de surveiller l'utilisation d'Internet. Tu as utilisé l'ordinateur de l'entreprise pour te renseigner sur le complexe et leur envoyer un e-mail via ton compte Yahoo, mais tu l'as fait sur l'ordinateur de l'entreprise.

C'était vrai. Ils étaient tous soumis à une surveillance. C'était si pratique de faire des recherches au travail en attendant qu'un appel arrive que Mya oubliait souvent que n'importe qui pouvait se connecter et voir ce qu'elle faisait à tout moment. Tant qu'elle ne visitait pas de sites interdits — la plupart étant bloqués — elle n'y voyait pas de mal.

— D'accord, concéda-t-elle, mais je ne comprends toujours pas pourquoi ça t'intéressait.

Il retira ses lunettes et les mit de côté. Prenant sa main et la tenant entre les siennes, Gabe la regarda avec la même intensité concentrée qu'il avait eue sur l'île. — Je m'intéresse à toi — certains diraient que je suis obsédé — depuis des mois. Tu ne m'as jamais remarqué. C'est comme si j'étais invisible. Je ne l'ai pas pris trop personnellement parce que tu ne sembles jamais remarquer aucun des gars ici qui essaient d'attirer ton attention. Quand j'ai compris ce que tu faisais, vu le fantasme que tu avais demandé, j'ai vu une opportunité et je l'ai saisie.

Ne sachant pas si elle devait être impressionnée ou scandalisée, Mya demanda avec hésitation : — Tu voulais coucher avec moi ?

— NON ! Enfin, oui, si c'est là que les choses entre nous menaient. Je voulais avoir une chance de te connaître, la vraie toi. Et je voulais que tu me voies, le vrai moi. La plupart des femmes ne voient jamais au-delà de mon apparence extérieure.

De plus en plus, Gabe rappelait à Mya son loup-garou. Elle n'avait plus qu'une chose à savoir.

— Quel était ton fantasme, Gabe ?

Il déglutit difficilement.

— J'ai demandé à être le loup-garou de Mya.

Mya libéra sa main et enroula ses bras autour de son cou.

— Viens me chercher à dix-huit heures. Je t'enverrai mon adresse par e-mail.

Gabe la serra contre lui et lui murmura à l'oreille :

— Pas besoin. Je sais où tu habites.

Mya rejeta la tête en arrière et éclata de rire. Elle aurait dû s'en douter.

— Tu n'es pas fâchée ? demanda-t-il avec inquiétude.

— Comment pourrais-je l'être ? C'est exactement ce à quoi je m'attendrais de la part d'un loup-garou, lui dit-elle.

— Alors tu ne m'en voudras pas si je fais ça, dit-il juste avant que sa bouche ne recouvre la sienne dans un baiser qui lui fit monter des frissons jusqu'aux orteils.

Mya retourna au travail avec un sourire aux lèvres. Ils n'avaient jamais réussi à manger cette pizza.

Épilogue

Mya examinait d'un œil critique son reflet dans le miroir et ajustait minutieusement le bikini rouge moulant qu'elle portait. Gabe l'attendait patiemment sur la terrasse de leur bungalow en bord de mer, s'étant douché dès leur arrivée pendant qu'elle déballait leurs affaires et s'extasiait sur leur magnifique logement au design épuré.

— Aussi appétissante que tu sois dans ce maillot de bain, Madame Adams, je te préfère nue, comme moi, lui dit-il.

— Eh bien, Monsieur Adams, je suppose que tu vas devoir me l'enlever, le taquina-t-elle en retour. Elle s'approcha de lui et passa sa jambe par-dessus la chaise longue sur laquelle il était allongé, à califourchon sur ses cuisses nues.

L'île qu'ils avaient choisie pour leur lune de miel rappelait L'Île Fantaisie. Le resort était un ensemble de bungalows privés semblables à des cabanes, éparpillés le long d'allées boisées qui offraient une sensation d'isolement et préservaient l'atmosphère insulaire, plutôt que les typiques immeubles de grande hauteur qu'on trouve dans les destinations plus populaires des Bahamas ou d'Hawaï.

La balustrade en bambou tressé serré de la terrasse était suffisamment haute pour que, dans leur position assise, ils soient hors de vue des promeneurs qui pourraient passer sur la plage à cette heure de la soirée. Pour plus d'intimité, la lumière intérieure projetait une douce lueur à travers la porte vitrée coulissante, laissant le reste de la terrasse où ils étaient allongés dans l'ombre.

Il défit rapidement les liens de son haut et le laissa tomber sur le côté.

— T'ai-je dit à quel point je t'aime ? demanda-t-elle.

— Pas depuis quelques heures. Tu as du retard, dit-il en jouant avec ses tétons.

Un sourire malicieux traversa son visage. — Peut-être qu'il vaudrait mieux que je te le montre. Elle recula, se pencha et prit son sexe qui durcissait rapidement dans sa bouche.

— Oh oui. Ça me semble être un bon plan, acquiesça-t-il d'une voix rauque.

Les trois derniers mois avaient été un tourbillon romantique, culminant avec une cérémonie de mariage intime en présence de la famille et de quelques amis proches. Toutes les merveilleuses qualités qu'elle avait découvertes chez Gabe sur L'Île Fantaisie s'étaient avérées réelles. Sa famille pensait qu'il ne pouvait rien faire de mal. Aimant, attentionné et prévenant, un bon soutien de famille, et le meilleur ami qu'une femme puisse jamais avoir, Gabe était vraiment l'homme de ses rêves devenu réalité. Qui avait besoin d'un roman d'amour ?

Il gémit et la tira de lui. — Un peu plus et tout sera fini avant même d'avoir commencé. J'ai attendu trop longtemps pour que ça se termine si vite.

Ils n'avaient pas fait l'amour depuis leur séjour sur l'île. Gabe avait insisté pour qu'ils prennent le temps d'apprendre à se connaître et de découvrir à quel point l'attirance qu'ils avaient partagée était réelle. Il voulait être sûr qu'elle puisse aimer le « vrai » lui.

Gabe l'attira vers lui et manœuvra jusqu'à ce qu'il se positionne au-dessus d'elle, allongé entre ses cuisses écartées. Elle rit et lui dit d'une voix rauque :

— Tu sais qu'il y a un énorme lit à l'intérieur, à quelques pas d'ici.

— Hmm, oui, mais où serait l'aventure dans ce cas ?

Il dénoua les attaches de son bas de maillot et elle se souleva pour qu'il puisse le lui enlever. Gabe prit une profonde inspiration en la contemplant.

— Exactement comme dans mes rêves.

— Vraiment, ronronna-t-elle. Je suis la vedette de tes rêves ?

— Oh oui, dit-il d'un ton révérencieux.

— Je suppose que c'est juste, soupira-t-elle. Tu es mon fantasme devenu réalité.

Son expression changea. Elle ne faisait pas confiance à l'éclat dans ses yeux.

— Je peux faire mieux, lui dit-il avec sérieux.

Elle gémit. C'était la même chose qu'il avait dite sur l'île.

— Gabe, vraiment, ce n'est pas nécessaire, protesta-t-elle.

— Bien sûr que si, affirma-t-il avec un sourire. Je suis en compétition avec un fantasme.

— Gabe, le fantasme, c'est *toi*, espèce de fou, gémit-elle.

Arquant son sourcil gauche, il dit:

— Et alors ?

Tandis qu'il déposait des baisers le long de son corps, Mya se demanda: *Pourquoi est-ce que je discute avec lui ? C'est une situation gagnant-gagnant pour moi.* Après ça, elle perdit toute capacité de raisonnement.

Ce n'était pas un coup de chance et ce n'était pas simplement un fantasme. Gabe le mari était un amant tout aussi doué que Gabe le loup-garou. Peut-être même meilleur. Il était tendre et patient, et absolument concentré sur son plaisir à elle, à l'exclusion de tout le reste. À la fin, quand il perdit enfin le contrôle, il était tout aussi fougueux que Gabe le loup-garou.

Rassasiée, Mya rit quand elle réalisa qu'ils étaient par terre. Le transat s'était effondré sous eux.

— Je t'avais dit qu'on aurait dû aller à l'intérieur sur le lit.

— La prochaine fois, dit-il, haletant encore.

Elle passa ses mains dans ses cheveux et enroula ses jambes autour de sa taille, le retenant contre elle. Son sexe palpitait encore autour de son membre en de minuscules tremblements résiduels. Comblée, Mya leva les yeux vers le ciel étoilé, s'émerveillant des ironies de la vie. Elle avait dépensé une fortune pour trouver son homme fantasme, pour découvrir qu'il avait été sous son nez depuis le début.

Alors que son regard se posait sur la lune presque pleine, une pensée la frappa.

— Tu sais, tu ne m'as jamais dit si tu étais un loup-garou ou non.

Gabe releva la tête de sa poitrine et s'appuya sur ses coudes.

— Je suis humain, mais...

Il lui chuchota le reste à l'oreille.

— J'ai déjà fait des réservations auprès de L'Île Fantaisie pour que nous y passions notre premier anniversaire de mariage. Qu'en penses-tu ?

En guise de réponse, elle rejeta la tête en arrière et hurla.

Fantasy Island:
MYA'S WEREWOLF
By
Zena Wynn
© 2014

A Real Love Enterprises Publication

Fantasy Island: Mya's Werewolf
ISBN 978-0-9899260-8-9
ALL RIGHTS RESERVED.

Fantasy Island: Mya's Werewolf
Copyright © 2014 Zena Wynn
Cover art: Shirley Burnett
Original Publication: Mya's Werewolf @ 2010 Zena Wynn
With the exception of quotes used in reviews, this book may not be reproduced or used in whole or in part by any means existing without written permission from the publisher, Real Love Enterprises, PO Box 12003, Jacksonville, FL 32209.

Warning: The unauthorized reproduction or distribution of this copyrighted work is illegal. No part of this book may be scanned, uploaded or distributed via the Internet or any other means, electronic or print, without the publisher's permission. Criminal copyright infringement, including infringement without monetary gain, is investigated by the FBI and is punishable by up to 5 years in federal prison and a fine of $250,000. (http://www.fbi.gov/ipr/). Please purchase only authorized electronic or print editions and do not participate in or encourage the electronic piracy of copyrighted material. Your support of the author's rights is appreciated.

This book is a work of fiction and any resemblance to persons, living or dead, or places, events or locales is purely coincidental. The characters are productions of the authors' imagination and used fictitiously.

Fantasy Island: Mya's Werewolf

Mya Anderson loves to read erotic romances featuring werewolves. When she gets a chance at a fantasy vacation which allows her to be the heroine in her very own romance created exclusively for her, she jumps at it. But things don't go exactly as planned...

Fantasy Island Vacation Getaways

For the Romance Lover

Ever wonder what it would be like to be the heroine of a romance novel? Why waste time simply reading when you can star in your very own story, created exclusively for you?

Come, live the fantasy.

If you can think it, we can build it. Your imagination is our only limitation. Call today. Don't delay. Our friendly staff is waiting for you.

*Prices vary. Terms and Conditions apply.

Chapter One

Mya Anderson pushed through the foliage, following the barely discernable trail which if her calculations were correct, would put her on the beach. Normally she wouldn't think of walking in this thick copse of trees at night while wearing a red bikini the size of a postage stamp, barely covering her somewhat ample curves. However, this was her fantasy and she only had forty-eight hours to live it. Actually, forty-seven point five hours remained. Time passed much too quickly. This was a once in a lifetime chance and she planned to enjoy it to its fullest extent.

A harvest moon rode high in the sky but under this canopy of tropical trees, shadows ruled. Mya suddenly halted mid-step, some primeval instinct warning her she was being watched.

"Hello?" she called out.

There was no answer. Stepping a bit closer to the trunk of the tree nearest her, she glanced around cautiously. "I'm safe," she murmured. "This is Fantasy Island, not some inner-city back alley."

Her id wasn't buying it. Something was out there, something dangerous. It didn't matter she couldn't see or hear it. The primitive part of her psyche knew and screamed for her to get out of there.

"Maybe it's the dark playing with my imagination," she reasoned. Mya crept forward, keeping close to the tree line. "Once I hit the open space of the beach and stand in the bright glow of the moonlight, I'll realize it was just my mind playing tricks on me."

The thought of being able to see better caused her to move a bit faster, still stepping as quietly as she could in the underbrush.

There was a sound in the bushes to her left. Mya froze, scared to call out again. If it were her hero, surely he would have answered earlier. Something was tracking her. Uneasily, she realized she'd forgotten to ask if there were any wild animals on the island. She assumed it would be safe. Too late Mya remembered what they say about assumptions.

The rustling came again, closer this time. Glancing automatically in that direction, Mya saw a pair of glowing eyes. They were accompanied by a long, low, and vicious-sounding growl.

Mya's flight-or-fight response kicked in and she took off running. All she wanted was a simple fantasy fulfilled, to be the heroine of one of the many werewolf romance novels she veraciously devoured. A nice, safe, erotic romance novel, darn it, where the only danger was to her virtue. She did not sign up to be the dumb blonde in a horror flick.

She heard a thud behind her. "Don't look back, don't look back, don't look back," she chanted under her breath. The stupid characters—the ones who looked back—always end up dead in the movies.

As Mya cleared the woods and hit the soft, white sand of the beach, she heard a roar coupled with the crashing sounds of foliage being trampled. Instinctively, she glanced over her shoulder.

What she saw sent terror streaking through her. Fear lent wings to her feet, and she literally flew over the sand until she hit the more firmly packed beach. Breath bellowing, she ran even as her thighs burned and a sharp pain struck her right side. She pressed her hand against it and kept running.

Can't stop. Got to keep moving. If I survive this, I promise I'll never skip the gym again.

Her legs churned so hard, the little white cover-up she wore across her hips loosened and drifted to the ground. Mya's heavy thighs were rubbing together so fast, it's a wonder they didn't spark and catch fire. She didn't know how much longer she could keep up this pace.

Helplessly, she glanced back again. It was still there and gaining fast. Mya cried out as just like in the movies, she tripped over something, hit the ground hard and went rolling. Before she could scramble to her feet, it was on her.

A large, hairy arm flipped her over onto her stomach, hooked her by the waist and jerked her hips up off of the ground. *"Mine. Mate. Caught. Claim."*

"No, no, no," she whimpered. "I changed my mind." Was it too late to get a refund? This whole thing sounded so cool when she read it in the books, being claimed by a wolf-man. The reality left something to be desired.

The thing was huge. It had to be at least seven feet tall. At five-ten, one-hundred and ninety pounds, Mya could in no way be considered petite. The beast towered over her, overwhelming her with its massive fur covered chest and long, huge arms.

Something rounded and hard with a hint of moisture poked her in the back of her thigh. Braced on her elbows, she twisted around anxiously to see what it was as the werewolf ripped her bikini bottoms right off of her body. It sounded so sexy when she read it in a book but stung like the dickens in real life.

Dear God, the wolf-man was aroused, and his penis was huge. It was easily the length of her forearm and as thick as her wrist. There was no way that was fitting inside of her. Despite being exhausted and in pain, she began to kick and struggle, determined to get free.

A wave of lust washed over her so strong, it completely neutralized the panic growing inside. She ceased moving, confused. The werewolf crooned, stroking her tenderly from breast to thigh. More emotions swamped her—loneliness, hope, and a growing excitement.

What was happening to her? Where were these emotions coming from?

Suddenly she knew. On the questionnaire she'd completed, Mya had been asked to list titles of some of her favorite books to give the Fantasy Island staff a better understanding of what she wanted. In several of the books she'd listed, the heroine was psychic. One in particular jumped to mind. The woman, an empath with telepathic abilities, was highly sought after by werewolves, or wolfen. Something about psychic women being particularly irresistible to their species.

She groaned as another wave of desire washed over her, triggering her own. No matter how scary this creature looked, he wanted her desperately. He was lonely, tired of being alone, and excited that he'd finally found a mate. Though there was an underlying fear of rejection, the longer she lay complacent, hope grew that she would accept him. Maybe even welcome him.

Mya reminded herself that this was her fantasy. While not exactly as she'd envisioned, it was what she'd asked for. Was she really going to let a little fear get in the way of her living her dream?

No, she wasn't.

She shivered as the werewolf trailed its nose down her spine until it reached her sex. He pushed in closer with his snout, and she heard him inhale deeply. She jumped when his tongue snaked out and licked her from clit to anus. The slightly damp, faintly rough membrane left a line of heat in its path. Mya squirmed and moaned as he lapped at her.

Her head dropped to rest on top of her forearms on which she balanced. She widened her legs to give him better access and let the pleasure take her. This was the ecstasy she'd imagined all those heroines feeling as they yielded to their werewolf lover's passion. This is what she'd damn near beggared herself for, scraping up the thousands of dollars necessary to live out her greatest dream, her fiercest desire.

He curled his tongue, parted the lips of her sex, and thrust inside her. Mya's eyes rolled into the back of her head. She pushed back with her ass, silently demanding that he give her more. Go deeper. The werewolf twirled his tongue around, brushing sensitive nerves and Mya went off like a rocket.

Cum gushed from her body and he lapped it up, grunting and demanding more. He ate at her, insatiable, quickly driving her to another orgasm. With each peak she reached his arousal spiked higher, ramping up her own until she didn't believe anything would ever be able to douse the flames.

The gentle breeze blowing on her sex felt cold when he pulled away, but he wasn't gone for long. The bulbous head of his cock pressed against her slit, demanding entrance. He pressed steadily forward. As aroused and lax as her muscles were from the multiple orgasms, there was still a bite of pain as he stretched her sex wider than anyone ever had before.

There was a tremendous pressure. Mya didn't know whether to try to pull away, or to push into him, rushing him to go deeper. She hung on the ragged edge of a pleasure/pain so intense, sweat poured down her face and her fingers clawed mindlessly at the moist sand. He paused before slowly withdrawing.

Mya arched her back, lifted her hips higher. "Please," she begged.

He reversed direction and pushed inward. His claw tipped hands gripped her by the hips, holding her steady and preventing any movement on her part as he picked up the pace, his thrusts coming fasting and going deeper.

With each impalement, Mya grunted; gasping for air with each withdrawal. It became a rhythm. "Umph-uh, umph-uh, umph-uh," interspersed with the *slap, slap, slap* of flesh smacking against flesh, drowned out the faint sound of the gentle ocean waves at low tide. The heavy musk of sex overpowered the salty air.

One of his arms reached underneath and hooked her by the waist, lifting her upper torso. His left hand landed in the sand beside her face as he used it to brace himself above her. He maneuvered her until she was on all fours, with his body covering hers even as he pounded steadily inside her sex.

Freeing his hand, he used her hair as a handle to raise her head and turn it to the side, exposing her neck. Overwhelmed by sensation, Mya was taken off-guard when a mere second after she felt the heat of his breath, his fangs pierced the tendon between her neck and shoulder.

She screamed as pain shot through her body, only to gasp for air as an orgasm ripped her apart.

As her sheath squeezed him tight, milking him, he howled loudly. There were three sharp jabs of his hips before he thrust so deep and so hard her knees lifted off the ground. Then he was spurting and coming, his massive body shuddering over her.

Then something happened that blew her away. His cock swelled even larger inside—as if that was even possible—and she felt a knot notch into the wall of her vagina, locking him into place. She screamed again as another orgasm slammed into her, this one stronger than all the ones before.

It was too much. Black spots swam before her eyes. As consciousness faded, her last thought was, *Damn me for listing Lora Leigh's Breed series as one of my favorites.*

Chapter Two

Mya woke riding an intense wave of satisfaction, contentment and growing desire. She had a mate, someone to call her own. No longer would she be lonely.

Lonely? Mya didn't remember being lonely. Alone, sure, but she had more than enough family and friends to keep her busy and her life fulfilled. She wasn't in a romantic relationship currently but it was by choice. She was attractive and friendly, guys liked being around her, and she frequently was asked out on dates. So why would she be feeling lonely?

Abruptly Mya remembered where she was and what happened. She was on Fantasy Island, the real deal and not the TV show, the heroine in a romantic novel created exclusively for her. Her werewolf hero had literally screwed her senseless.

Mya felt a goofy grin cross her face.

She was also an empath, Mya remembered. Her smile lost a little of its glow. That part was going to take a bit getting used to. Empathy made for great reading in a novel, but the reality sucked. Mya had enough difficulty dealing with her own emotions without being bombarded with someone else's.

Gingerly stretching to ease muscles that were slowly stiffening, Mya realized she was being stroked, no, petted. The werewolf—she really needed a name to call him—was petting her mound, riffling through her pubic hair and teasing the lips of her sex. There were waves of possession emanating from him. She didn't have to be psychic to know he was thinking, '*This is mine.*'

Not that she was complaining. What he was doing felt good. Any man—or werewolf—with the ability to lay it down like he did was more than welcome to claim ownership of her pussy. Hell, for the kind of pleasure she'd received, she'd give it to him, no questions asked or conditions required.

He lazily licked a nipple. That's when Mya realized her top was gone. A slow heat was building in her body. Her arousal or his? It didn't matter. She was wasting precious time sitting here in contemplation instead of taking action. She could analyze the situation once she returned home.

Carpe Diem or Seize the Moment became her motto.

She reached out and grabbed the part of his anatomy that fascinated her the most. A rumble started in his chest and grew in intensity as she stroked him from base to tip. He shifted closer, allowing her better access as he scraped what felt like a claw across her clit.

Mya felt her sex liquefy as she considered what it would be like to mount the thick piece of meat in her hand and ride it. Well, she thought, why not? This was her fantasy. She could be as bold as she wished. Do whatever she liked.

She rose to a seated position and pushed him onto his back. He grumbled as his hand was dislodged, but she felt his curiosity as he allowed himself to be maneuvered to her liking. When she straddled his stomach, a burst of anticipation hit her.

Oh yeah, he liked where this was heading.

Mya rose, positioned his leaking penis at her entrance, and slowly impaled herself. The fit was still tight, but as proven earlier, she was more than able to accommodate him. She dug her fingers into the fur on his chest and held on as gravity forced him deeper and deeper. After this weekend, a normal human would never satisfy her, but she'd deal with that distressing thought later.

Inch by luscious inch, he filled her. Her sex fluttered around his shaft as the invading head of his cock parted her quivering muscles, gliding past and stimulating nerve endings never touched before. Mya threw back her head. It felt good. Really, really good and she hadn't begun to move yet.

With her head back, her breasts stuck out in an offering he didn't refuse. He tongue-lashed one nipple and then the other until they were poker stiff and straining for him.

"Suck them," she commanded, not knowing where this boldness was coming from. "Suck my breasts." She didn't know if he could do as she'd ordered with his wolf's mouth.

He gave her what she'd demanded of him. Rows of razor-sharp teeth closed gently around the mound of her right breast as strong suction pulled her nipple deeper into his mouth. Mya felt the tugging right down in her womb.

"Yes," she hissed. Unable to keep still, she rocked her hips back and forth, and when that wasn't enough, added a circular motion to the mix. Soon she developed a pattern. Rock forward, backwards, circle to the left. Rock forward, backwards, circle to the right. It got even better when his hips joined in the action and he began to jab upward in micro thrusts.

He bit lightly on a nipple and Mya groaned harshly as pleasure streaked through her. She braced her hands on his rock-hard abs, adjusted her angle and rode him harder and faster. With each downward glide, her clit rode his shaft, sending streaks of lightening through her.

She pumped her hips faster, grinding down harder, her body in control as she rushed toward orgasm. It began with a mighty implosion, starting inward and radiating outward in ever increasing circles until it consumed her whole body. Mya screamed.

Wolf-man deftly flipped her over onto her back and drilled his hips into hers. His teeth locked onto her shoulder again. Mya's nails scoured his bulging biceps as another orgasm ripped through her. That was two. She didn't think she could handle a third.

She'd forgotten about the wolf thing. Her werewolf shoved into her so hard, she swore he knocked her womb back an inch or two and began coming. His body jerked with each spurt. Then it happened again. He expanded and that knot formed, locking him into place.

Mya's body tightened like a bow as ecstasy ripped through her, exploding in her brain. Once again, it proved too much for her and she passed out.

*****

When Mya roused, the sun was shining and the birds singing. She could hear the waves crashing on the shore and the heavy tang of salt filled the air. Sunlight filtered through what looked to be an opening in a rock face. Glancing around at what she could see, Mya realized she was in a cave.

Not a house, with all the appropriate plumbing and fixtures, but a cave. A city girl through and through, this presented a problem. A major problem as she needed to go and go now. She eased from under the wiry, pale, white arm thrown casually around her waist and came to her knees.

"Where are you going?"

Mya froze at the human sounding voice. She looked to her right and her breath lodged in her throat. Her wolf-man was now in his human form. The sight of him temporarily put her body's needs to the back of her mind.

He was cute, in a geeky kind of way. He had overly long, wavy, rusty-brown hair in need of taming. His face was narrow, jaw square-shaped, and his skin had the pallor of a man who didn't get out into the sun much. His muscular body was long and lanky. Judging from his length, he stood a good six feet or more, a nice complement to her stature.

There was no excess fat anywhere. His chest was broad and lean, like a swimmer's. And his cock...she licked her lips. Though not as huge as in his half-wolf/half-man form, it was still more than enough to satisfy. Under her perusal, it stirred and lengthened.

"Where are you going?" he patiently repeated.

She dragged her eyes away and met his gaze, finally remembering her purpose. "Bathroom."

"This way." He rose fluidly to his feet and his rear view was so exquisite that Mya forgot she was supposed to be following him.

"Are you coming?"

His question snapped her out of her lust-induced daze. She looked to see if he'd noticed where her attention was locked. He had, if the pleased smile on his face was any indicator.

She shrugged. "You're gorgeous," she explained her behavior and watched in fascination as he blushed.

He continued forward. "It's not much but it's better than a leaf and the ground."

The 'bathroom' was a smaller cavern off of the main one. The hewn rock made use of the natural water flow, which removed waste and she assumed, washed it out to sea. There was an opening in the ceiling, providing a natural light source. On a ledge were several scented candles, more than enough to provide light at night. Mounted on one wall was a sheet of some kind of highly reflective material that served as a mirror and managed to take the meager light and greatly magnify it.

"It's beautiful. Thank you," she told him.

Again, he gave her a pleased smile and left. Mya had lost faith for a moment, but Fantasy Island had come through again. She wouldn't be required to rough it.

She emptied her bladder, and as she washed her face and brushed her teeth with the brand-new toothbrush and tube of paste provided, studied her reflection. One side of her rounded face was covered in sand and small pieces of seashell. She must have been lying partially in the sun for an extended period of time because half of her normally pecan brown-colored face appeared red and mildly irritated. So did her neck and the upper part of her left arm.

Beach sand caused her shoulder length, dark brown mane to appear gray, and the humidity and moist air changed its relaxer-straightened manageability to a mass of tangled, frizzy curls. What wasn't plastered to her scalp stuck out in a 'fro that would have done a clown justice.

Good Lord, good thing this was a fantasy. She'd be horrified for a man to see her this way. Sand plastered to almost every part of her body she could see, from her small, pert breasts, narrow waist, mildly pouching stomach, and oversized butt and thighs—courtesy of the desk job she worked five days a week. Now that she'd been made aware of it, she itched all over and desperately needed to wash the sand and sea grit she could feel caked in her hair and plastered on her body.

She returned to the main cavern. "I need a bath. I'm gritty."

His hungry gaze roamed over her body, making her acutely aware of her nudity. Mya did a little staring of her own. His nostrils flared, and she wondered if he could scent her budding arousal.

"One bath coming up," he said in a husky voice. He held his hand out.

Mya extended her own, and his overly large hand closed around hers, swallowing it. He led her out of the cave and paused for a moment to give her eyes a chance to adjust to the sunlight. When she could focus, Mya realized they were on the side of a mountain.

"How did we get up here?" she asked in astonishment. The last thing she remembered, they were on the beach.

"I carried you up after you passed out the first time."

Mya blushed at the reminder his passion had been too much for her. "You said something about a bath?" she reminded, to divert his attention.

His gaze turned inquisitive, but he kept any questions he had to himself. "Be careful. Hold onto the wall. It's a bit tricky in spots," he instructed as he led her down the rocky path, in some places wading through rushing water that rose to their knees.

They came to a quiet pool of water the size of a small pond. A waterfall fed into it at the rear and rock walls surrounded three quarters of it before it dropped off into another waterfall. Mya caught her breath at the natural beauty of it.

The sun-warmed water came to her waist. Mya sank into it, luxuriating in its warmth. Ducking under the surface, she swished her shoulder-length hair with her fingers until the worst of the sand was gone. When she surfaced, he was there waiting.

"May I?" He indicated his hands, which were filled with lather.

"On one condition," she bargained. "Tell me your name."

He smiled. "My name is Gabriel. My family and friends call me Gabe."

"Gabriel? Like the archangel, protector of women and children?"

He shrugged and moved forward, reaching for her hair. Mya leaned into him, enjoying his ministrations.

"Well, Gabe, nice to meet you. My name is Mya." She inhaled deeply. With her eyes closed, every sense was magnified. "What is that? It smells divine."

"Jojoba essence," he answered. "Did I hurt you last night? With the full moon, I'm not always in control of my beast."

A wave of concern washed over her. It matched the expression on his face and had her rushing to reassure him. "You didn't hurt me."

"But my beast scared you." She could feel his remorse.

Mya didn't deny it. She had been terrified, initially. "He made up for it," she told him with a satisfied grin.

"I can do better," he told her earnestly. "Let me make it up to you."

"Do better?" she echoed in disbelief. Better would kill her.

"Much better," he stated as he lifted her by the waist and carried her to the side of the pool.

Chapter Three

"Really, this isn't necessary. Trust me," Mya said. If the beast rendered her unconscious, what would the man do? Give her a heart attack?

"I think it is. I don't want it scaring you away." He lifted her onto the small ledge just above the water's edge and sank to his knees. She would have been underwater, but he was tall enough to make it work. He spread her thighs wide and sat staring at her sex like he gazed at Nirvana.

He leaned forward and buried his nose in her slit, inhaling deeply. Man or werewolf, he still seemed to enjoy her scent. Her hand lurched forward to grip him by the head as his tongue went to work. Oooh, the man was definitely more skilled. His beast simply lapped at her, hungry for the juice he could force her body to produce. The man was methodical in his attack, though she sensed his enjoyment in this form was no less. He made it a point to hit all of her pleasure spots, over and over again until she was moaning and screaming out his name.

"That's it. Say my name again," he commanded.

"Gabriel," she moaned.

"I love the way you say my name." Gabe rose and hooked her legs over his forearms, holding her open. "Mya, say you'll stay with me. Say you'll be my mate."

She cupped his cheek. "Yes."

"You'll be mine?" he asked as though needing to be reassured.

"And you'll be mine," she confirmed.

He closed his eyes and a wave of relief and...love?...swept over her. When he re-opened his eyes, they were filled with such heat she felt singed right down to the bone. His possessive gaze swept her body. "Mine?"

"All yours," she confirmed.

Gabe actually shuddered. Moving forward, he dipped his knees and lined up his cock with her weeping entrance. "Watch," he commanded.

She looked down and watched the reddish head part her darker lips before slowly pressing inside. They both groaned at the exquisite feel of it. If possible, it was even better than last night. He pressed forward until their pubic hairs merged.

He captured her gaze. "Ready?"

"Yes."

"Hold on to me."

She grabbed hold of his shoulders. Gabe slowly withdrew, then slammed home. "You don't know how long I've been waiting to do this," he said. He quickly escalated to a pounding rhythm that stole her mind. Her nails dug into his skin.

"That's right. Mark me. Score me. Let everyone see how much pleasure I give you," he encouraged.

"Gabriel," she gasped.

"Again. Say my name again."

"Gabe."

"Whose Gabe, Mya? To whom do I belong?"

"Mine, all mine."

"Never forget, Mya. I'm yours and you're mine. Don't you ever forget. Promise me," he demanded.

"I promise. Oh, Gabe, I..." With a long keening cry, she came.

"Shit, do you know how good your pussy feels surrounding me, Mya? How it's milking me? You have no idea how—" Gabe groaned, deep and long as he came.

In his human form he didn't lock inside as he had as a werewolf, but Mya wasn't disappointed. He'd more than satisfied her. He took her mouth in a kiss, their first. Gabe was as good at it as he was everything else.

"As soon as my knees will hold me, I'll get you down from here," he said.

"Don't rush on my account," she told him, enjoying the feel of his body next to hers, his cock still embedded deeply inside.

Gabe released her legs and she raised them to wrap around his waist, holding him to her. "Don't move. Not yet."

"I'm not going anywhere," he assured her.

They stayed joined together, enjoying a peaceful moment. After long minutes, his cock softened and oozed out. "Let's get cleaned up and go somewhere we can relax," he said.

"Okay."

*****

Later, they lay entangled on a bed of wild grass, enjoying the ocean breeze as the sun shone down on their naked bodies. Gabe lay on his back with Mya sprawled half on top, her head resting on his chest. She was courting sunburn but felt too good to move.

"Tell me about yourself," Gabe commanded as he twirled a section of her hair. Without a comb or a brush, Mya knew her hair had dried into something resembling a curly bush. Gabe didn't seem to mind.

Mya laughed. "What do you want to know?"

"Everything," he instantly responded.

"How about you narrow it down, just a tinsy bit," she told him with a grin, loving that he was so focused on her. "Ask me something," she encouraged.

Gabe thought for a moment. "What's your favorite food?"

"Pepperoni and sausage pizza with tomatoes and onions on it."

He didn't blink or comment like others would have, just went straight into his next query. "Your favorite drink?"

"Pepsi."

"Your favorite movie?"

"Too many to name, but I like the serious stuff. You know dramas, based on real life events?" Mya watched her hand as it trailed down his side until it reached his thigh, unable to be this close and not touch him.

"What's your family like? Any brothers or sisters? What about your parents?"

"Both my mom and dad are alive and still married. I have two older brothers and one younger sister. Both brothers have children so I'm an auntie four times over. My sister is still in college," she answered absently, more absorbed in the feel of Gabe's skin than her response.

"Do you want kids?" He cupped the side of her head and raised it so he could see her face.

Mya blinked. "Right this instant? No, but some day, sure."

Gabe's expression grew very intent. "Girl? Boy? One child, two?"

She shrugged. "It doesn't matter. Whatever I'm blessed with."

This talk about children reminded her how much fun it was to make them, at least with this man. She eased her right leg over his thighs so that she lay fully on top of him.

Gabe transferred his hands from her head to her butt, repositioning her to his liking. "With you as their mother, our kids will be beautiful."

As she absorbed his compliment, Mya could feel her face flushing. She knew she was attractive in an understated sort of way, but not beautiful. For a moment Mya wished this were all real. That Gabriel was her mate, she was his woman, and they had forever in front of them instead of a quickly dwindling twenty-four hours.

"Do you think your family will accept me?"

Pushing away the depressing reminder of how little time she had left, Mya leaned down and nuzzled his cheek with hers. "They'll know that I love you, and as long as you're good to me, they won't care," she assured him.

"Even though I'm white and a werewolf?" He seemed really worried, unnecessarily so.

She chuckled. "We don't have to tell them about the werewolf part, but they don't care about things like race. It's the person that counts. Trust me, they'll love you."

He eased closer until his face was mere inches away. "Do *you* love me?"

She caressed his face with her gaze. Being an empath allowed her to see so much more about him than what was on the surface. "Yes, I believe I do." It was stupid of her because none of this was real, but how could she not love this man created exclusively for her. He was literally her dream come true.

A fierce wave of joy and love washed over her as Gabe closed the gap and kissed her. One kiss led to another, and then another, until they were making love. Unlike the fierce pounding of before, this was a tender affirmation of their feelings for one another.

Afterwards, they spent most of the day talking, getting to know each other better. They swam in the ocean, explored the island, and towards evening, went back to their pool to play and make love again as the sun began to sink in the west.

"We'd better get back before it's too dark to see," Gabe said.

"There'll be another full moon tonight," she told him.

Gabe frowned. "I know."

"Will you change again?" she asked curiously.

"Yes. Are you okay with that? I can't promise to keep him away from you, now that he's had a taste."

Mya could see how worried he was. She cupped his cheek in an effort to reassure him. "Your beast is you. I accept all of you."

He swept her into his arms for another lingering kiss at her easy acceptance of him. "Thank you."

As they headed for the cave, she asked, "Can I watch?" Earlier he'd shifted from his human form into a wolf for her.

He glanced back over his shoulder. "No, not this time. The process isn't that pleasant. I don't want to frighten you."

She already knew from earlier discussion when he was in his wolf-man—or were form, he called it—he retained his human awareness but wasn't always in control of his actions. Hence Gabe's continued concern for her safety and wellbeing.

They entered the cavern, and she helped Gabe light the multitude of candles spread throughout. When they finished, it gave the place a romantic glow. Still dark by her standards but perfect for the Were's enhanced vision.

Gabe left and she settled on the raised platform that contained their bedding to await his return. On the cavern floor beneath her was an extremely thick, oriental type rug that was a good six-by-eight-feet in size. That's what she'd awakened on this morning.

She'd asked Gabe why the cave, didn't he have a home? He said yes he did but his beast didn't like to be confined inside of walls. It could tolerate the cave and was happy to do so now that it had a mate. Her safety was of primary importance now, even more so when the pups began coming.

For a moment, she allowed herself to imagine what life would be like if this were all real. She and Gabe could stay here during the weeks of the full moon and spend the rest of the month at his home. Gabe was so loving and sensitive, always so considerate of her needs. Best of all, he had a sense of humor. She loved being with him.

She loved Gabe. More and more every hour they spent together.

Chapter Four

In the distance, Mya heard a howl and knew it was Gabe. There was no answering one. As far as she knew, she and Gabe were the only ones on this island. They hadn't seen any signs of anyone else when they were walking around, doing their Adam and Eve impression.

He was coming to her and coming fast. She could feel his determination, his lust. He wanted his mate and she waited, ready for him to take her. Anticipation rode both of them hard.

It didn't matter that she and Gabe the man had spent most of the day making love. This was his beast. Still Gabe, but his more primal side, and this side of him made her want to do a little howling of her own.

She felt his presence before she saw him. Looking up, she saw him looming in the opening. Over seven feet tall, the head and muzzle of a wolf, chest and arms shaped like a man with wicked looking claws at his fingertips, he was covered all over in dark fur, sparse in some places and thicker in others. With his legs bent out at an awkward angle like a dog standing on his hind legs, he was a sight to behold.

"*Mate.*"

"Yes, your mate," she answered, though it wasn't a question.

"*Mine.*"

"I belong to you." Again, she answered his statement.

"*Take,*" he growled.

"All you want," she told him on a needy sigh as she leaned back onto her elbows and spread her legs wide in invitation.

An instant later his snout was buried between her legs. Mya held onto his pointy ears and rode his tongue to completion. He ate her like he was starving, and she was the first food he'd seen in weeks. She quickly found herself in a pleasure zone where sensation rule and logic had no meaning.

She moaned in disappointment when he pulled away only to catch her breath in giddy anticipation when he flipped her onto her belly and mounted her. There it was again, that delicious stretching of vaginal muscles almost to capacity. The tiny bite of pain coupled with the most glorious ecstasy of sensitive nerve endings being stimulated until Mya was nothing more than a screaming banshee of sexual bliss.

All night long he took her and she accepted him. He locked inside of her over and over again. There was an underlying desperation to his actions, as though Gabe the Were realized this was their last night together and was trying to make it last as long as he could.

Mya herself was feeling the same sense of urgency. She had to make it last, make it count. There would never be another opportunity to experience this. She had to imprint him on her brain, sear the memory of him, of their time together, into her memory banks.

Neither soreness nor tiredness had any place here. Nor did sleep. It was only as the last faint moonbeam gave way to the rising sun in the east that they fell into an exhausted slumber.

*****

Mya roused with the sure knowledge her last day had arrived. Like sands in an hourglass, time rapidly dwindled at a rate faster than her eye could see. At five p.m., her fantasy would officially end and it would be time to leave. From the angle of the sun shining through the opening, it was already mid-morning.

She turned to find Gabe lying there watching her. "Why didn't you wake me?"

"You were tired, and I like watching you sleep," he explained.

She had to remind herself not to get angry. Gabe didn't know what was at stake. He thought this was real. He didn't know that he and their relationship was a figment of her imagination brought to life by the staff of Fantasy Island Vacation Getaways.

For a minute, depression overwhelmed Mya and she blinked back tears before Gabe could see them. Not willing to waste any more precious time, she rolled to him and put her arms around her neck. "I love you so much," she softly told him. "So very much," she finished in a whisper.

Then she proceeded to show him with her body just how much he meant to her. It wasn't supposed to happen like this. Love shouldn't be able to grow to this intensity over a weekend's time. How was she going to live without Gabe? How could anyone expect her to return to her mundane life and leave behind what she'd found with this man, this werewolf?

He was so much more than she'd ever dreamed of when she'd created her fantasy. She hadn't envisioned unruly rusty-brown hair that continuously flopped over magnetic gray eyes when she answered her questionnaire. She hadn't imagined a man who could make her laugh one moment and the next amaze her with his deep insight. She hadn't known how awesome it would be to have a man totally focused on her pleasure, in and out of bed, expecting nothing in return.

How could she have? Who knew something like this could exist in real life? And that, right there, was the problem. This wasn't real but to her heart and mind it was. Dear God, it was more real than anything she'd ever experienced in life.

Later, as she lay cradled in his arms, he asked, "You want to go swimming again today?"

"Not really."

"Are you hungry? We haven't eaten yet, and it's way past breakfast time," he said as he languidly stroked her hair.

"I'm not really hungry."

His hand stopped. "Is everything okay? You sound down. Last night was too much for you, wasn't it? I should have tried harder to reign him in."

Mya realized she needed to get her act together if she didn't want him suspecting something was wrong. Thinking fast for a logical excuse, she shook her head, admitting, "I'm still a little bit tired. As much as I enjoyed last night and would repeat it again in a heartbeat, I'm not used to this much sexual activity."

Gabe lifted her and put her to the side, then stood. Extending a hand out to help her up, he said, "Come on. You need to eat. I'll feed you and then we'll go back to the pool to bathe. Sound good?"

"Yes." Mya raised her hand and allowed him to pull her to her feet.

The island offered an abundance of fruit and nuts for their culinary delight. They picked the fruit right from the trees. She gorged on mangos, bananas, and other tropical fruits and nuts, and quenched her thirst with coconut milk and water straight from a mountain stream.

"If I ate like this every day, I wouldn't need to exercise to lose weight. The pounds would melt away," Mya told him as they finished their cliff side picnic.

His gaze roamed over her. "I like you just the way you are. Don't lose an ounce." He looked ruefully at himself. "Now me, on the other hand, I'm skinny enough as it is. I worked hard to gain what little muscle I have and can't afford to lose any of it."

Mya gave him the same looking over that he gave her. Licking her lips, she told him, "I happen to think you're perfect the way you are."

"Really?" He managed to look both doubtful and hopeful at the same time.

"Mmm..." She crawled over to him. "Shall I show you again how much I love your body?"

"Well, if you think it would help," he murmured with a wicked glint in his eyes.

Mya took her time, starting with his feet and working her way upward. She hadn't lied. She loved everything about him, from his big hands and long narrow feet to every proportioned bit in between. When she reached his cock, she gave it extra loving attention.

After she finished, Gabe felt duty bound to express with his hands and mouth how much he loved and appreciated her body in return. Sated, they went and frolicked in the pool, washing the fruit juice and other fluids off of each other and making love again in the water.

Mya looked at the angle of the sun in the sky. "Let's go back to the cave and take a nap. After last night, we deserve one."

"Sounds like a good idea. Tonight's the last night of the full moon. You'll definitely need your rest," Gabe agreed.

They walked back to the cavern and Gabe climbed up on the platform and lay down. Mya settled beside him, cradled in his arms. Her heart breaking, she held in the tears, waiting for Gabe's breathing to even out, signaling deep sleep. When she could wait no longer, she eased from under his arm, waited a moment to be sure he didn't wake, and left the cave.

Traveling quickly to the pool, she retrieved the red bikini and wrap she'd washed and laid to dry on a rock for just this moment. The strings on the bottoms were ripped, but she managed to make it work. Dressed again for the first time since she arrived two days ago, she made her way to the rendezvous point, a small dock on the rocky side of the island. There was a speedboat and a small crew waiting. A short, dark-skinned man in a pair of white pants and a flowery shirt was pacing back and forth on the floating dock when she arrived.

"Ms. Anderson, we were just about to send someone searching for you," her escort said.

"I'm sorry. It took longer than I expected to get here," she told him, casting an apologetic look at the rest of the small three-man crew.

"No problem. You're here now. Did you enjoy your vacation?" he asked as he helped her onto the boat.

"Very much so," she told him.

"Good, good. Put on the life jacket and settle down. We'll have you home before you know it." He untied the rope securing the boat to the dock and hopped on board, making his way to the front.

She did as instructed and sat at the back of the boat, face turned toward the rapidly retreating island. Watching as it grew smaller and smaller, she let the wind blow away the tears making slow tracks down her face.

Chapter Five

Monday morning, Mya called in sick. There was no way she could go in and pretend her heart hadn't been ripped to shreds. Not when she'd broken down into inconsolable sobs during a grocery store commercial, all because they'd panned the produce department. It was the bananas that set her off. After a crying jag lasting more than an hour, there was no way that she could go in.

Tuesday, she forced herself to go into the office despite the dark circles under her eyes. In her job as a call center customer service representative, no one would see her. Her coworkers she put off with the excuse of a weekend virus. Her lie served two purposes. It kept people from bothering her, afraid she might be contagious, and it provided a convenient excuse for her wan appearance.

She took her calls with the same proficiency she normally used but her heart wasn't in it. Her mind was back on the island with Gabe. Mya hated that she didn't have any pictures of him. No electronic devises of any kind were allowed on Fantasy Island. The only memories she had were those in her mind. Even the mating mark on her shoulder faded the moment the small seaplane took off from the island.

She couldn't help wondering how Gabe felt when he woke to find her gone. Had he searched for her? If so, for how long? He'd been so lonely. He was so happy to find her, his mate, and so uncertain of his welcome. So fearful of being rejected. How had her disappearance affected him?

God, she had to stop tormenting herself like this. Gabe wasn't real. For all she knew, he'd vanished as soon as she boarded the boat. One thing Mya knew for sure, he hadn't been an actor paid to play a part. She wasn't sure how Fantasy Island had managed it, but she knew that much for sure.

Let it go, Mya, and get a grip. It was one weekend out of your life. Forty-eight hours. You're more logical than this.

No matter how many times she gave herself the same pep talk, it didn't work. She, who had never been in love in her life, had fallen and fallen hard. Mya didn't know if she'd ever recover. How was any real man supposed to measure up?

At twelve-fifteen, she logged off the system and put her headset down. It was lunchtime, but she didn't have an appetite. She went into the large break room, sat at one of the two-seater tables in the corner, and pulled out a book. It was a steamy romance and before this weekend she would have been all into it. Now it was just for show. As long as she appeared to be reading, no one would bother her.

She'd been staring miserably at the same page for five minutes when a deep, vaguely familiar voice asked, "Is this seat taken?"

Mya shook her head no and motioned for him to take the chair. She certainly wasn't using it. The chair made a scraping noise on the tile floor as it was pulled away from the table. Instead of hauling it off as she expected, the person sat down.

"I noticed you weren't eating anything. If you forgot your lunch, I'm willing to share. There's more than enough here for two," he said.

She sighed. Couldn't he see all she wanted was to be left alone. Finally glancing up from her book, she said, "That's all right. I'm really not..." Mya stared in shock. "Gabe?"

"Are you sure? It's a sausage and pepperoni pizza with tomatoes and onions. I'm told it's your favorite," he continued.

Gabriel stared intently into her eyes. "I don't have any plates, but it should be cool enough now to eat with our fingers, and there's plenty of napkins."

Mya couldn't drag her gaze away from his face. "Napkins are fine," she told him, her voice faint.

She was having difficulty stringing two thoughts together. Was she hallucinating? But no, he was here. Or at least someone that looked amazingly similar to her Island hero was seated at the table with her. Mya tore her eyes away from his face and glance at his nametag: Gabriel Adams, ITD Division.

He handed her a slice of pizza and took one for himself. Like her, he made no attempt to eat his.

"I don't understand. You're real?" she asked, totally bewildered.

Gabe glanced cautiously around at the other people in the crowded break room. "Do you mind if we get out of here?"

Mya looked around, realized they needed privacy for the questions she wanted to ask and nodded. Gabe scooped up their food and put it back into the box. With the pizza in hand, he led the way out of the break room until they were out of the building. They went to one of the many seating areas scattered around under the trees.

As they settled beside each other on the bench, Mya wished she were still an empath. Gabe's expression was locked down so tight, she had no idea what he was thinking or feeling. Actually, forget being an empath. Right now, she didn't know what *she* was feeling.

He set the box on a nearby bench and turned to face her. Mya studied him. His rusty-brown hair was the same, flopping endearingly over his forehead. His gorgeous gray eyes were covered by ugly, black-framed glasses, which detracted from their attractiveness. His clothes, an oversized pair of faded blue jeans and a faded red shirt, did nothing to showcase the body she knew lurked beneath. In other words, Gabe looked like the typical geek, easily overlooked.

"What's going on, Gabe? You are Gabe, right? You were there on the island?"

Using his middle finger, he nervously pushed his glasses further up his nose. "Yes, it was me."

Utterly confused, Mya said, "I don't understand. How could you be there? It wasn't supposed to be real. They assured me it was a fantasy."

"Well, yes and no. Some of it was real." He watched her uneasily.

"Which part?" she demanded.

The growing red flush on his neck and face answered her question.

Mya wrapped her arms around herself and hunched over. "You saw me naked? We had sex?! Oh my God." She knew it was totally crazy of her. She'd spent the last day and a half wishing Gabe was real, but now that she knew he was...

All kinds of things were running through her mind. She'd had sex, unprotected sex with a stranger. Oh gosh, she could be pregnant!

He rushed to assure her. "Don't worry. I'm clean. I've been tested recently and it's not like I'm playboy material. I've only had one or two serious relationships and those were years ago."

Mya closed her eyes briefly and moaned in distress. "I didn't even think about disease. I was worried about pregnancy."

"Oh!" He jerked, catching her attention. She'd disconcerted him. Slowly, a pleased grin crossed his face. "You think it's possible?"

Shocked at his question, she whipped around on the bench towards him. As she stared at him, a startling thought crossed her mind. Just how much of the Gabe she'd met on the island was real and how much was fantasy? Mya knew she'd been herself. A little bolder than normal, but everything else that she'd said and done was a reflection of her true personality. Could the same be said of Gabe?

"Are you really a werewolf?" she asked uncertainly.

Her question caught him off guard. He hesitated before answering. "Go out with me tonight and I'll let you know," he bargained.

It was her turn to blink at his response. Mya thought about it. She'd fallen in love with Gabe the werewolf. This was her opportunity to see if this Gabe could hold her heart as well. "I'll go out with you if you tell me how you ended up on Fantasy Island," she countered.

Again, that endearing blush swept across his features and Mya realized, geekiness aside, Gabe really was cute. "I...uh...I sort of saw your email," he confessed. "The one you sent them," he continued when she looked confused.

"The one I sent Fantasy Island? How did you...?" Her voice rose in outrage. "You *spied* on me?"

"No, no, no," he hastily assured her, glancing around nervously. At her skeptical look, he explained, "It's my job to monitor internet usage. You used the company's computer to research the resort and emailed them using your yahoo account, but you did it on the company's computer."

It was true. They were all subject to monitoring. It was so convenient to research stuff at work while waiting for a call to come in, Mya frequently forgot anyone could log on and see what she was doing at any time. As long as she didn't visit any of the forbidden sites—most of which were blocked—she didn't see the harm.

"Okay," she allowed, "but I still don't see why you were interested."

He took off his glasses and set them to the side. Picking up her hand and holding it between his own, Gabe stared at her with the same focused intensity he'd used on the island. "I've been interested—some would say obsessed—with you for months. You never noticed me. It's like I was invisible. I didn't take it too personally because you never seem to notice any of the guys around here trying to get your attention. When I realized what you were doing, saw the fantasy you'd requested, I saw my opportunity and took it."

Not sure whether to be impressed or appalled, Mya asked hesitantly, "You wanted to have sex with me?"

"NO! I mean, yes, if that's where things between us led. I wanted a chance to get to know you, the real you. And I wanted you to see me, the real me. Most women never get past my outside appearance."

More and more Gabe was reminding Mya of her werewolf. She only needed to know one more thing. "What was your fantasy, Gabe?"

He swallowed hard. "I asked to be Mya's werewolf."

Mya pulled her hand free and wrapped her arms around his neck. "Pick me up at six. I'll email you my address."

Gabe squeezed her close and whispered in her ear, "No need. I know where you live."

Mya threw back her head and laughed. She should have known.

"You're not mad?" he asked worriedly.

"How could I be? It's exactly what I'd expect a werewolf to do," she told him.

"Then you won't mind if I do this," he said just before his mouth covered hers in a kiss that curled her toes.

Mya went back to work with a smile on her face. They never did get around to eating that pizza.

Epilogue

Mya gazed critically at her reflection in the mirror and made minor adjustments to the skimpy red bikini she wore. Gabe patiently waited for her on the deck of their oceanfront hut, having showered as soon as they'd arrived while she unpacked their belongings and marveled over their beautiful yet simply designed accommodations.

"As scrumptious as you look in that bathing suit, Mrs. Adams, I prefer you naked, like me," he told her.

"Well, Mr. Adams, I guess you'll just have to take it off of me," she teased in return. She crossed to his side and swung her leg over the lawn chair he reclined upon, straddling his bare thighs.

The island they'd chosen to honeymoon on was reminiscent of Fantasy Island. The resort was a scattering of private cabana-like huts, dotted along wooded walkways that provided a sense of solitude and preserved the island atmosphere, rather than the typical high rises of the more popular getaways found in the Bahamas or Hawaii.

The tightly woven bamboo guardrail of the deck came up high enough that in their seated position, they were out of sight of any beachcombers who may happen to be out at this time of evening. For additional privacy, the interior light cast a soft glow through the glass sliding door, leaving the rest of the deck where they lay in shadow.

He quickly undid the strings of her top and let it drop to the side.

"Have I told you how much I love you?" she asked.

"Not in the last couple of hours. You're overdue," he said as he toyed with her nipples.

A wicked grin crossed her face. "Maybe it would be better if I showed you." She scooted backwards, bent at the waist and took his rapidly hardening cock into her mouth.

"Oh yeah. Sounds like a plan," he huskily agreed.

The last three months had been a whirlwind romance, culminating in a quiet wedding ceremony with family and a few close friends. All the wonderful characteristics she'd discovered about Gabe on Fantasy Island turned out to be real. Her family thought he could do no wrong. Loving, caring and attentive, a good provider, and the best friend a woman could ever have, Gabe really was her fantasy man come to life. Who needed a romance novel?

He groaned and pulled her off of him. "Much more of that and this will be all over before it starts. I've waited too long for things to end this quickly."

They hadn't made love since their time on the island. Gabe was adamant they take time to get to know each other and discover how much of the attraction they'd shared was true. He'd wanted to be sure she could love the "real" him.

Gabe pulled her down and maneuvered them until he was positioned on top, lying between her spread thighs. She laughed and huskily told him, "You know there's a huge bed inside, a few steps away."

"Hmm, yeah but where's the adventure in that?"

He untied the ties on her bottoms, and she lifted up so he could pull them off. Gabe took a deep breath as he gazed at her. "Just like I remember from my dreams."

"Really," she purred. "I star in your dreams?"

"Oh yeah," he said in a reverent tone of voice.

"I suppose it's only fair," she sighed. "You're my fantasy come to life."

His expression changed. She didn't trust the glint in his eyes. "I can do better," he told her earnestly.

She groaned. This was the same thing he'd said on the island. "Gabe, really, there's no need," she protested.

"Of course there is," he stated with a grin. "I'm competing with a fantasy."

"Gabe, the fantasy is *you*, you crazy man," she wailed.

Arching his left eyebrow, he said, "So?"

As he kissed his way down her body, Mya asked herself, *Why am I arguing with him? This is a win-win situation for me.* After that, she lost the ability to reason.

It wasn't a fluke and hadn't been simply a fantasy. Gabe the husband was every bit as good a lover as Gabe the werewolf. Maybe better. He was tender and patient and absolutely focused on her pleasure to the exclusion of all else. At the end, when he finally lost control, he was every bit as forceful as Gabe the Were.

Sated, Mya laughed when she realized they were on the ground. The lawn chair had collapsed beneath them. "I told you we should have gone inside to the bed."

"Next time," he said, still gasping for air.

She rifled her hands in his hair and wrapped her legs around his waist, holding him to her. Her sex still pulsed around his shaft in minute little tremors of aftershocks. Content, Mya looked up at the star-studded sky, marveling at the ironies of life. She'd paid a fortune to find her fantasy man only to discover he'd been right under her nose, all along.

As her gaze landed on the nearly full moon, a thought struck her. "You know, you never did tell me whether you are a werewolf or not."

Gabe lifted his head from her chest and braced his weight on his elbows. "I'm human but..."

He whispered the rest in her ear. "I've already made reservations with Fantasy Island Vacation Getaways for us to spend our first anniversary with them. What do you think of that?"

In answer, she threw back her head and howled.

About the Author

Zena Wynn is a multi-published author of erotic and sensual romance in various romance subgenres: Interracial, Contemporary, Paranormal, Sci-Fi/Fantasy, and Inspirational. She writes the type of stories she loves to read—stories with great characters who, through love and determination, overcome all the challenges that come their way. Her heroes and heroines are passionately, lovingly, devoted to each other. Zena wants her characters to stick with readers long after "The End."

Website: www.zenawynn.com[1]

---

1. http://www.zenawynn.com

Books by Zena Wynn

Fantasy Island: Mya's Werewolf
Fantasy Island: Cyn's Dragon
Fantasy Island: Fantasy Man
Fantasy Island: Moxie's Vampire
Fantasy Island: Zero Regrets
Fantasy Island: Star Fantasy
Fantasy Island: Star Dreams

Fantasy Island: Cyn's Dragon

Cyn stood on the floating dock staring dubiously at the mist-shrouded island in front of her.

"Miss, you change your mind?" her dark-skinned escort asked with his musical island accent.

"Nooooo," she slowly answered.

"Your fantasy cannot begin until you step off of the dock and onto the shore," he reminded her.

This she knew but still had difficulty forcing herself to willingly step into the pea soup not an arm's length in front of her. Maybe if she could see something—anything—in the ever-changing blanket of fog...

"Miss?"

"I'm going. I'm going. I just need another minute." Or two, or three.

"You know it's perfectly safe. We would not allow any harm to come to you," her helpful guide assured her.

Taking his words to heart, Cyn took a deep breath and squared her shoulders. "Wish me luck," she told him.

"You'll be fine."

Casting a last glance in his direction that displayed more confidence than what she actually felt, Cyn stepped off the floating dock onto the shore and was instantly swallowed.

"Just keep moving," she heard him say.

Easy for you to say, Cyn thought. This stuff was blinding. She raised her hand before her face and could see it, sort of, but not much else. Even sound was slightly muffled, like she was underwater. She forced herself to keep walking forward, one baby step at a time.

Like stepping through a curtain, the mist parted and she found herself standing in a small clearing in the woods. Feeling strange, she looked down to see the simple jeans and t-shirt she'd been wearing was now a coarse, peasant-style blouse of an indeterminate color and a flowing loose skirt, tied at her waist with a rope. Her feet were shod in some type of animal hide material. Definitely not leather. Bye, bye Nikes.

Her shoes weren't the only things gone. So was her bra and panties. Stupidly, she turned her head from side to side, looking for her missing items as though they'd be lying folded on the ground. Of course they weren't. They'd vanished.

Spinning to look back the way she'd come, something swung against her back. Cyn reached a hand behind her and realized her previously shoulder length hair now came to her butt in a thick fall of spiral curls. Okay, not something she'd requested but she could deal.

Cyn supposed she shouldn't have been surprised to find both the beach and the mist had disappeared. Instead of the rocky shoreline she should be seeing, there was nothing but trees. At least it was daylight and the sun, though weak, was shining. There was nothing for her to do but keep moving forward as instructed. She did so, wondering what other surprises were in store.

She turned around and placed her feet gingerly on the ground, watching closely for rocks and other sharp items. She needn't have bothered. Though sole-less, the hide was extremely tough and resilient.

Sighing, she continued on her way. The air was a bit warm and humid, and the rough material of her top soon had her itching. Cyn scratched absently as the clearing gave way to a wooded path. She followed the winding footpath until it changed to a rutted dirt road, which led to a small village.

It was like stepping back in time. There were no cars, no telephone poles, or electric wires leading to the homes. No screens in the windows. Instead, wooden shudders hung open allowing any passerby to see inside. Goats bleated in their pens. Chickens and the occasional stately rooster ran loose, as did cats and dogs of varying sizes. Small, neatly rowed gardens bursting with produce were to the side or behind each house, along with wells with buckets for water.

As she neared the center of town, she could tell something was happening. The villagers were standing around a man who stood heads and shoulders above them, speaking in loud, angry voices. Some waved large sticks. Or maybe they were staffs. It was hard to tell. Others had pitchforks and other farming instruments. Children clung to their mother's skirts and the women stuck close to their men.

"There she is," the guy in the center yelled.

As one, they all turned and looked in her direction. Cyn automatically glanced behind her to see to whom they were referring. There was no one there.

"Get her!" several voices rang out.

Get who? Me? Before she could take off running, they were on her.

Cyn fought but was quickly overwhelmed. They were determined and the women were vicious. She'd have a few bruises before this was all over with. She was lifted bodily into the air and carried to some unknown destination.

The guy who must be their leader was saying something but Cyn was cursing and kicking too much to hear him. After they'd traveled a distance from the town, she was none too gently set on her feet.

"What the hell are you doing?" she screamed at them as they trussed her up like a Thanksgiving turkey and tossed her onto a flat, raised surface.

Cyn squirmed, trying to get to her feet. She didn't know what was going on, but it couldn't be good.

"Stay still, dearie. It will be over quickly, you'll see, and it's for the good of our village. Think of your poor dear parents," an old crone told her.

"What will be over quickly?" Cyn demanded to know.

Another sun weathered, wrinkled-face woman with graying hair held back by a brown headscarf, shoved through the bodies surrounding her. "My darling daughter, if only you'd have accepted Johnny's proposal like I urged, you wouldn't still be a virgin."

Cyn's mouth dropped open as things clicked into place. "Dear God! I'm being *sacrificed*?" she shouted.

"Of course, dear. All the other girls were smarter than you. As soon as they became of age, they married just to prevent this sort of thing from happening. If only you'd listened—"

A deafening roar sounded in the distance, and some of the villagers crossed themselves. "It's coming." They began to melt away, one by one, into the trees until Cyn was alone.

The sound of wings flapping could be heard drawing nearer. She looked up as a shadow crossed over her. Like a buzzard circling its prey, the dragon flew in loops over the slab where she lay. Suddenly it dove and did a flyby, letting loose a stream of fire as it did. All around her the forest was suddenly ablaze.

Cyn groaned and thumped her head against the rock on which she lay. "Great, I can burn to death or get eaten by a fire-breathing dragon. Some vacation this is turning out to be."

She closed her eyes as deadly looking claws came nearer and nearer, until it blotted out the sky. As she was snatched off of the slab, she thought to herself, *They screwed up and gave me someone else's fantasy. Damn.*

Don't miss out!

Visit the website below and you can sign up to receive emails whenever Zena Wynn publishes a new book. There's no charge and no obligation.

https://books2read.com/r/B-A-CGWU-YORDG

BOOKS 2 READ

Connecting independent readers to independent writers.

Also by Zena Wynn

Ilha da Fantasia
Mya's Werewolf
Ilha da Fantasia: Cyn's Dragon

L'Île Fantaisie
L'Île Fantaisie: Mya's Werewolf (Bilingual Edition)

Love After I Do
Ignite Her Fire

Mate Match Agency
Mate Run: Cara

Partnervermittlung
Mate Run: Cherise (Partnervermittlung 2)

True Mates
Verdaderas Parejas

Standalone
Alternancia de Código
Entfache ihr Feuer (Ignite Her Fire)
Atracción Ilícita

www.ingramcontent.com/pod-product-compliance
Lightning Source LLC
Chambersburg PA
CBHW070349130626
46556CB00007B/3100